I0634235

LES VRAIS

PRINCIPES

DE LA LECTURE,

DE L'ORTOGRAPHE

ET

DE LA PRONONCIATION

FRANÇOISE,

DE FEU M.r *VIARD*,

Ouvrage utile aux Enfants qu'il conduit par degrés de l'alphabet à la connoissance des regles de la prononciation, de l'ortographe, de la ponctuation, de la grammaire et de la prosodie Françoise : principament destiné aux Etrangers, auxquels on s'est proposé d'abréger l'étude de notre langue ; et généralement adopté dans toutes les Ecoles de France.

NOUVELLE ÉDITION CORRIGÉE,

Et augmentée d'une instruction sur la maniere de faire lire ou réciter les Fables aux Enfants.

A AVIGNON,

Chez ALPHONSE BERENGUIER, Imprimeur-Libraire, vis-à-vis le Lycée.

1812

INSTRUCTION

Pour les personnes qui enseignent à lire.

On ne s'est pas assez appliqué jusqu'ici à faire connoître aux enfants ce que chaque lettre est en elle-même. La première attention que l'on doit avoir, c'est de déterminer le son propre à chaque lettre. On leur a donné ici une dénomination particuliere, afin de mieux faire sentir l'inflexion de voix que chaque lettre exige, et qui la distingue d'une autre lettre à laquelle elle seroit unie.

On a mis à côté de chaque consonne de l'Alphabet romain, le son simple ou double qu'elle doit avoir.

La dénomination qu'on a donnée aux consonnes n'est pas une nouveauté ; elle est établie depuis long-temps par la Grammaire de Port-Royal, et par plusieurs autres bons ouvrages de ce genre.

Jusqu'ici, pour nommer les lettres, F, H, L, M, N, R, S, X, on a fait dire aux enfants, *effe, hache, elle, eme, ene, ere, esse, ixi.* On a cru qu'il seroit mieux de mettre une voyelle à la suite de la consonne, et de faire prononcer *fe, ke, le, me, ne, re, st, kse* ou *kze.* Il est bien plus simple de ne faire entendre, après les lettres H, F, L. etc. qu'un *e* très-sourd, que de le faire précéder d'un *e* ouvert, qui laisse toujours subsister l'*e* sourd. Cette maniere de prononcer épargne le son de l'*e* ouvert, par où commence *eff, elle,* etc. On y gagne aussi le son de l'*i* dans *ixe,* et les sons de *ah* et *ce che,* qui se trouvent dans *hache,* et qui n'ont aucun rapport avec le son de la lettre *h,* par-tout où elle est employée. Il est étonnant que le bon sens n'ait pas encore fait réformer l'ancienne maniere de dé-nommer les consonnes. Il est encore plus sur-prenant qu'on n'ait pas apperçu l'inconvénient de faire épeler les Enfants. Epeler, c'est, par exemple, pour prononcer le mot *bale,* faire dire, *be, a, ba; elle, e, le; bale. Be, e, bê; te, e, te: bête.* Il suffit de réfléchir sur le peu de rapport qu'il y a entre tous ces sons détachés et le mot qu'ils forment, pour s'appercevoir que la méthode que l'on adopte ici est la seule bonne, et la seule qu'il faut préférer. Toute l'opération consiste à simplifier les sons.

Regle générale : les Maîtres doivent faire attention de faire prononcer le *b,* dans l'alphabet, comme on le prononce dans la derniere syllabe du mot *tombe; il tombe.* Il faut aussi qu'ils fassent prononcer toutes es autres con-sonnes avec un *e* muet; et à la vue de la lettre D, C, etc. faire dire *de,* comme dans *ronde* et *demande; ce,* comme dans *ronce, constance.*

Pour ne point embarrasser l'éleve qu'on instruit, il ne faut pas qu'on lui fasse lire rien de ce qui paroît mis pour instruire celui qu'il enseigne.

Il est encore essentiel d'avertir tout le monde de ne pas enjamber d'une page à l'autre ; mais d'aller de leçon en leçon. Il est indispensable de faire répéter, à la fin de chaque semaine, ce qu'on a appris à l'enfant que l'on instruit.

ALPHABET EN CARACTERE ROMAIN.

Figure de la lettre.   *Nom de la lettre.*

Figure	Nom
a	
b	be
c	ce *ou* que
d	de
e	
f	fe
g	ge *ou* gue
h	he
i	
j	je
k	ke
l	le
m	me
n	ne
o	
p	pe
q	que
r	re
ſ *ou* s	fe *ou* ze
t	te *ou* si
u	
v	ve
x	kfe *ou* gze
y	i *ou* ye
z	ze

ALPHABET EN CARACTERE ITALIQUE.

Figure de la lettre.	Nom de la lettre.
a	
b	be
c	ce ou que
d	de
e	
f	fe
g	ge ou güe
h	he
i	
j	je
k	ke
l	le
m	me
n	ne
o	
p	pe
q	que
r	re
ſ ou s	fe ou ʒe
t	te ou ſi
u	
v	ve
x	kſe ou gʒe
y	i ou ye
ʒ	ʒe

ALPHABET EN LETTRES MAJUSCULES.

Figure de la lettre.   *Nom de la lettre.*

Figure	Nom
A	
B	BE
C	CE *ou* QUE
D	DE
E	
F	FE
G	GE *ou* GUE
H	HE
I	
J	JE
K	KE
L	LE
M	ME
N	NE
O	
P	PE
Q	QUE
R	RE
S	SE *ou* ZE
T	TE *ou* SI
U	
V	VE
X	KSE *ou* GZE
Y	I *ou* YE
Z	ZE

INSTRUCTION

Pour les personnes qui enseignent à lire.

POUR s'assurer que l'éleve connoît bien son alphabet, faites-le lui dire renversé, mêlé de toutes les manieres possibles. Faites-lui toujours prononcer ou dénommer les consonnes comme elles sont marquées dans l'alphabet.

L'on doit remarquer, dans ses premieres leçons, que tout ce qui est discours en raisonnement, est fait pour le Maître, et non pour l'éleve. On ne doit attacher le disciple qu'à ce qui est destiné aux leçons qui sont à sa portée.

Dites de vive voix à votre éleve : Les lettres se divisent en voyelles et en consonnes. Il y a cinq voyelles et dix-neuf consonnes. Les voyelles sont :

A. E. I. *ou* Y. O. U.

Les dix-neuf consonnes sont :

B. C. D. F. G. H. J. K. L. M. N. P. Q. R. S. T. V. X. Z.

Consonnes et voyelles mêlées ensemble.

c. d. b. g. a. m. n. o. p. q. e. r. s. t. u. v. x. z. i. h. b. f. g. d. e. c. h. m. n. p. j. a. l. r. s. t. u. x. o. z.

Voyelles renversées.

u. o. y. ou i. e. a.

Alphabet renversé, en romain.

z. y. x. v. u. t. s. r. q. p. o. n. m. l. k.
j. i. h. g. f. e. d. c. b. a.

Alphabet, mêlé en romain.

p. k. n. r. m. e. d. u. j. l. g. s. z. q. b.
h. c. i. a. f. x. o. t. y. v.

Alphabet mêlé, en romain, en italique,
et capitales.

j. b. a. ʒ. r. x. g. n. s. c. P. U. I. D. O.
T. E. Y. M. Q. L. F. V. H.

a. Z. *b. y. c* X. *d. v. e.* V. *f. t. g.* S. *h.*
r. i. Q. *j.* P. *k. o. l.* n. M.

Alphabet en capitales, romain.

A. B. C. D. E. F. G. H. I. J. K. L. M.
N. O. P. Q. R. S. T. U. V. X. Y. Z.

Alphabet en romain, italiques et capitales.

A. *b. c.* D. *e. f.* g. H. *i. j.* L. *l. m. n.*
O. *p.* q. R. *ſ. s. t.* u. v. *x. y. ʒ.*

INSTRUCTION

Pour les personnes qui enseignent à lire.

DÈs que l'éleve distingue bien les lettres, il faut lui faire connoître les caracteres qui varient leurs intonations.

Les pages suivantes sont destinées à donner une premiere idée des caracteres qu'on appelle *accents*; des trois sortes d'*e*, des deux *u v*, des deux *i j*, et des six consonnes qui ont un son double. On a cru devoir mettre ce tableau sous les yeux des Maîtres et Maîtresses, pour les avertir d'en donner aux enfants les premieres notions.

Pour apprendre à distinguer les accents, il ne faut montrer que la colonne où ils se trouvent marqués. Ce qui est placé à côté d'eux, est destiné à instruire la personne qui les enseigne.

Il faut ensuite tâcher de faire entendre à l'éleve, que les différentes sortes d'*e* viennent de ce que les accents dont ils sont marqués, leur donnent une articulation plus ou moins sur elles en les prononçant.

On a mis en marge des voyelles marquées d'un accent, des mots qui servent à déterminer la maniere dont le Maître doit faire prononcer chaque voyelle. Pour le découvrir il n'a qu'à prononcer les mots qui se trouvent dans les exemples.

Il faut faire remarquer que la même lettre se prononce différemment, dès qu'elle est marquée d'un accent aigu, grave, ou circonflexe, et que cette prononciation est toute différente, lorsqu'il n'y a point d'accent.

Dites de vive voix à votre éleve, en lui montrant les accents : Il y a trois accents, l'accent aigu ´; l'accent grave `, et l'accent circonflexe ^.

L'accent aigu ´, est un caractere qui va de droite à gauche.

L'accent grave `, est un caractere qui va de gauche à droite.

L'accent circonflexe ^ est un caractere formé de deux autres accents réunis et adossés ; il se met sur les cinq voyelles lorsqu'elles se prononcent lentement, comme dans les mots *âge*, *bête*, *fîle*, *dôme*, *mûse*, etc.

Dites aussi à votre éleve, sans montrer autre chose que les caracteres rangés perpendiculairement les uns sur les autres, qu'il y a deux sortes d'*i* ; l'*i* voyelle et l'*j* consonne.

i L'*i* voyelle se figure *i*, et se prononce *i*.
j L'*j* consonne se figure *j*, et se prononce *je*.

Il y a aussi deux sortes d'*u* ; l'*u* voyelle et l'*v* consonne.
u L'*u* voyelle se figure *u*, et se prononce *u*.
v L'*v* consonne se figure *v*, et se prononce *ve*.

Les

Les deux *j i* et les deux *u v* se trouvent dans le mot *juive.*

Faites remarquer qu'il y a trois sortes d'*e*, l'*e* muet, l'*é* fermé, l'*è* ouvert.

e L'*e* muet est l'*e* qui se prononce sourdement : c'est celui qui n'a point d'accent, comme on le peut voir dans les mots *loge*, *prince*, etc.

é L'*é* fermé est celui qui a un accent de droite à gauche ; c'est l'accent aigu *é*, comme dans les mots, *santé*, *bonté*.

è L'*è* ouvert est celui qui a un accent de gauche à droite ; c'est l'accent grave *è*, comme dans les mots *accès*, *procès*, *abcès*, etc.

En montrant à votre éleve les lettres *e*, *é*, *è*, *ê*, faites prononcer :

e L'*e* muet, comme dans la derniere syllabe du mot *pa-re.*

é L'*é* fermé, comme dans la derniere syllabe des mots *pa-ré*, *pa-vé.*

è L'*è* ouvert, comme dans le mot *très.*

ê L'*ê* marqué d'un accent circonflexe, comme dans la premiere syllabe des mots *bê-te*, *tê-te.*

B

o L'o comme dans la premiere syllabe du mot *to me.*

ô L'ô marqué d'un accent circonflexe, comme dans la premiere syllabe du mot *dô-me.*

a L'*a* comme dans la premiere syllabe du mot *ta-ble.*

â L'*â* marqué d'un accent circonfle , comme dans la premiere syllabe du mot *pâ-te.*

i L'*i* comme dans la premiere syllabe du mot *hi-ver.*

î L'*î* marqué d'un accent circonflexe , comme dans la premiere syllabe du mot *f île.*

u L'*u* comme dans la premiere syllabe du mot *tu-be.*

û L'*û* marqué d'un accent circonfle , comme dans la premiere syllabe du mot *mû-se.*

Apprenez aussi à votre éleve qu'il y a six consonnes qui ont un son double : ce sont :

c. g. h. f. t. x.

c se prononce, *se , ss,* devant *e , i ; Ciceron.*

c se prononce *ka , ko , ku,* devant *a , o , u ; cave , côté , curé.*

g se prononce *je*, *ji*, devant *e*, *i* ; *genou*, *gibier*.

g se prononce *ga*, *go*, *gu*, devant *a*, *o*, *u* ; *gâteau*, *gosier*, *guenon*.

g se prononce g et *j* dans le mot *gage*.

h se prononce *hâ*, *hé*, *hi*, *ho*, *hu*, dans *hâte*, *hêtre*, *hibou*, *hotte*, *hure* ; alors on l'appelle *h* aspirée.

h ne se prononce point du tout dans *habit* ; *Hélène*, *hiver*, *hôte*, *huit* ; alors on l'appelle *h* non aspirée.

s se prononce *sa*, *se*, *si*, *so*, *su*, au commencement des mots, *sale*, *seve*, *sire*, *sole*, *suite*.

s se prononce *z*, entre deux voyelles, *case*, *lésé*, *bise*, *dose*, *ruse*, etc.

t se prononce *ti*, au commencement des mots *tige*, *tigre*, *tison*, etc.

t se prononce *si*, dans *abbatioi*, *ambitieux*, *ambition*, *captieux*, etc.

x se prononce *kse*, dans *Alexandre*, *Alexis*.

x se prononce *gz*, dans *examen*, *exaucer*, *exemple*.

B 2

~~~~~~

INSTRUCTION

Pour les personnes qui enseignent à lire.

L'ÉLEVE connoissant bien exactement les consonnes, les différentes articulations que leur donnent les voyelles *a*, *e*, *i*, *o*, *u*, et celles que les voyelles empruntent des accents, il faut lui faire lire de suite la table où toutes les consonnes sont unies avec toutes les voyelles. Elle commence par *ba*, *bé*, *bè*, etc. Il faut lui faire lire d'abord chaque ligne horisontalement, c'est-à-dire, *ba*, *be*, *bé*, *bè*, *bi*, *bo*, *bu*; passer ensuite à la seconde colonne : observer sur-tout de ne le point faire épeler en l'aidant à prononcer les sons et les syllabes : ainsi il ne faut pas lui faire dire *be*, *a*, *ba*; *be*, *e*, *be*; *be*, *i*, *bi*; mais tout d'un coup *ba*, *bé*, *bi* : L'avantage de cette méthode est de faire connoître que les consonnes ont toujours besoin d'une voyelle pour être articulée, que *b* devant *a* s'appelle *ba*; *b* devant *o* s'appelle *bo*, etc.

Sons formés d'une consonne et d'une voyelle.

Ba	be	bé	bè	bi	bo	bu
ca	ce	cé	cè	ci	co	cu
da	de	dé	dè	di	do	du
fa	fe	fé	fè	fi	fo	fu
ga	ge	gé	gè	gi	go	gu
ha	he	hé	hè	hi	ho	hu
ja	je	jé	jè	ji	jo	ju
la	le	lé	lè	li	lo	lu
ma	me	mé	mè	mi	mo	mu
na	ne	né	nè	ni	no	nu
pa	pe	pé	pè	pi	po	pu
qua	que	qué	què	qui	quo	quu
ra	re	ré	rè	ri	ro	ru
sa	se	sé	sè	si	so	su
ta	te	té	tè	ti	to	tu
va	ve	vé	vè	vi	vo	vu
xa	xe	xé	xè	xi	xo	xu
ya	ye	yé	yè	yi	yo	yu
za	ze	zé	zè	zi	zo	zu

INSTRUCTION

Pour les personnes qui enseignent à lire.

Dès que l'éleve connoît bien les sons différents qui résultent de l'union de toutes les voyelles avec les consonnes, il faut s'attacher à lui faire lire le tableau alphabétique des mots de deux syllabes : on s'est attaché à n'y mettre que des sons qui se trouvent dans le tableau, et qui sont formés d'une consonne et d'une voyelle.

Il faut suivre le même procédé aux pages 20 et 21 ; ces deux pages présentent une double nouveauté, en ce que, premièrement, la voyelle qui, à la page 17, se trouve après la consonne *b*, etc. se trouve ici avant cette même consonne *b* ; secondement, en ce que les mots de la vingt-unieme page, formés des sons de la vingtieme, sont de trois syllabes.

Les pages 22 et 23 présentent deux tables de mots de quatre syllabes. La première syllabe de chaque colonne commence par l'une des cinq voyelles, mises tantôt après la consonne, et tantôt avant la même consonne, autant qu'il a été possible de le faire.

Mots de deux syllabes formés des mêmes sons.

Ba le, bê te, bî se,   bu te,
ca ve, cê ne, ci re, cô ne, cu ve,
da me, de mi, dî me, dô me, du pe,
fa ce, fê lé, fî le, fo ré, fu té,

ga ge, gê ne, gî te, go be, gu é,
hâ le, hè re, hi re, hô te, hu re,
Ja va, Je su,   jo li, ju ge,
la ve, le vé, li me, lo ge, lu ne,

mâ le, mè re, mi ne, mo de, mu le,
na pe,   Ni ce, nô ce, nu e,
Pa pe, pe re, pi pe, pô le, pu ce,
qua si, quê te, Qui to, quô te,

ra ve, rê ve, ri me, ro be, ru se,
sa le, sè ve, si re, so le, Su ze,
ta xe, tê te, ti ge, to me, tu be,
va se, ve lu, vi ce, vo lé, vû e,

Sons formés d'une voyelle et d'une consonne.

Ab	eb	éb	èb	ib	ob	ub
ac	ec	éc	èc	ic	oc	uc
ad	ed	éd	èd	id	od	ud
af	ef	éf	èf	if	of	uf

ag	eg	ég	èg	ig	og	ug
al	el	él	èl	il	ol	ul
am	em	ém	èm	im	om	um
an	en	én	èn	in	on	un

ap	ep	ép	èp	ip	op	up
aq	eq	éq	èq	iq	oq	uq
ar	er	ér	èr	ir	or	ur
as	es	és	ès	is	os	us

at	et	ét	èt	it	ot	ut
av	ev	év	èv	iv	ov	uv
ax	ex	éx	èx	ix	ox	ux
az	ez	éz	èz	iz	oz	uz

Mots de trois syllabes, formés des mêmes sons.

Ab ba tu, é be ne, o bo le,
Ac cu sé, é co le, oc cu pé,
ad mi ré, E di le, i do le,
af fu té, ef fa cé, of fi ce,

a ga cé, é ga ré, i gn ée,
al lu ré, é lo ge, o li ve,
am bi gu, em bal lé, i ma ge,
an nu el, en ne mi, in vi té,

ap pe lé, é pi lé, o pé ra,
a qua ti que, é qui no xe,
ar rê té, er ro né, ir ri té,
as si du, es ti me, Is ma ël,

At ta le, é to fe, u ti le,
a va re, é vi té, o va le,
a xio me, ex ta se, I xi on,
A zi me, O zé e, O zi as,

Mots, la plûpart de quatre syllabes, formés des sons précédens.

Ba di na ge,	Bé né fi ce,	Bi ga ra de,
ca pi ta le,	cé lé ri té,	ci vi li té,
ac ti vi té,	é co li er,	ic té ri que,
da ri o le,	dé fi gu ré,	di vi ni té,
ad di ti on,	é di fi ce,	I du mé en,
fa ci li té,	fé li ci té,	fi dé li té,
af fi na ge,	ef fi ca ce,	I phi gé ni e,
Ga ni me de,	gé né ra le,	gi bé ci è re,
ha bi tu de,	hé ro ï que,	Hi po li te,
la ti tu de,	lé gè re té,	li mo na de,
al li an ce,	el lé bo re,	il lu si on,
ma gi ci en,	mé de ci ne,	mi né ra le,
A ma zô ne,	é mé ti que,	im mé di at,
na ti vi té,	né ga ti ve,	Ni co la ï,
a né an ti,	en ne mi e,	in dé fi ni,
pa ci fi que,	pé lé ri ne,	py ra mi de,
a pa na ge,	é pi so de,	i pé ca cu a na,
ra ta ti né,	ré vo lu ti on,	ri di cu le,
ar ti fi ce,	er ro né,	i ro ni e,
sa ga ci té,	sé cu ri té,	si mo ni e,
as so ci é,	e xé cu té,	Is sa char,
ta ni è re,	Es cu la pe,	ti mi di té,
at ti tu de,	té mé ri té,	I ta li e,
va ca ti on,	é ta la ge,	vi va ci té,
a va ri ce,	Vé ro ni que,	I vi ce,
ex a gô ne,	é va po ré,	e xi lé,

Mots, la plûpart de quatre syllabes, formés des sons précédens.

bo ta ni que ,	bu co li que ,
co mé di en ,	cu pi di té ,
oc ca si on ,	oc to go ne ,
do ci li té ,	du pe ri e ,
o di eu se ,	
fol li cu le ,	fu ti li té ,
of fi ci al ,	
go si er ,	gu tu ra le ,
ho nê te té ,	hu mi li té ,
lo gi ci en ,	lu na ti que ,
o li vi er ,	ul cè re ,
mo no po le ,	mu tu el le ,
om bra ge ,	om bi lic ,
no va ti on ,	nu mé ra le ,
on da ti on ,	u na ni me ,
po li gô ne ,	pu ri fi é ,
o pi ni on ,	
ro tu ri er ,	ru ba ni er ,
or tho do xe ,	ur ba ni té ,
so li tu de ,	su jé ti on ,
o si er ,	u su ri er ,
to pi que ,	tu li pe ,
ot to ma ne ,	u té ri ne ,
vo la ti le ,	vul ga te ,
o va ti on ,	
Ex o de ,	ex hu mé ,

INSTRUCTION

Pour les personnes qui enseignent à lire.

Il y a des mots qui commencent par deux
consonnes, on a réuni sous un même coup
d'œil les combinaisons différentes qu'elles peuvent former. La colonne qui les renferme est
une des plus essentielles de cette méthode.

En prononçant les sons *ble*, *bre*, etc. il faut
avoir soin de ne pas faire épeler. Au lieu de
faire dire à l'enfant, *be*, *elle*, *ble*; *be*, *ere*, *bre*,
il faut lui faire prononcer tout de suite et sans
épeler, *ble*, *bre*, comme on prononce la der-
nière syllabe des mots, *table*, *sabre*.

Les pages 28, 29, 30 et 31, sont composées de mots et de sons formés de plusieurs
consonnes et de simples voyelles. Un enfant
n'aura pas grande difficulté à les prononcer
lorsqu'il aura été bien exercé sur les pages
25, 26 et 27; il faut, pour cela lui faire prononcer exactement chaque son, sans en décom-
poser les lettres, en suivant l'ordre des cinq voyelles; et ensuite perpendiculairement, c'est-
à-dire, en faisant parcourir chaque colonne de
haut en bas et de bas en haut.

Sont formés de deux consonnes et d'une voyelle.

Bla	Ble	Bli	Blo	Blu
bra	bre	bri	bro	bru
cha	che	chi	cho	chu
chra	chre	chri	chrő	chru
cla	cle	cli	clo	clu
cra	cre	cri	cro	cru
dra	dre	dri	dro	dru
fla	fle	fli	flo	flu
fra	fre	fri	fro	fru
phra	phre	phri		
pha	phe	phi	pho	phu
phla	phle	phli	phlo	phlu
gla	gle	gli	glo	glu
gna	gne	gni	gno	gnu
gra	gre	gri	gro	gru
pla	ple	pli	plo	plu
pra	pre	pri	pro	pru
rha	rhe	rhi	rho	rhu
sça	sçe	sçi		
sca			sco	scu
spa	spe	spi	spo	spu
sta	ste	sti	sto	stu
tha	the	thi	tho	thu
thra	thre	thri	thro	
tra	tre	tri	tro	tru
vra	vre	vri	vro	

C

Sons formés des mêmes deux consonnes et d'une
voyelle dans un ordre renversé.

Vra	vre	vri	vro	
tra	tre	tri	tro	tru
thra	thre	thri	thro	
tha	the	thi	tho	thu
sta	ste	sti	sto	stu
spa	spe	spi	spo	spu
sca			sco	scu
sça	sçe	sçi		
rha	rhe	rhi	rho	rhu
pra	pre	pri	pro	pru
pla	ple	pli	plo	plu
gra	gre	gri	gro	gru
gna	gne	gni	gno	gnu
gla	gle	gli	glo	glu
phla	phle	phli	phlo	phlu
pha	phe	phi	pho	phu
phra	phre	phri		
fra	fre	fri	fro	fru
fla	fle	fli	flo	flu
dra	dre	dri	dro	dru
cra	cre	cri	cro	cru
cla	cle	cli	clo	clu
chra	chre	chri	chro	chru
cha	che	chi	cho	chu
bra	bre	bri	bro	bru
bla	ble	bli	blo	blu

Sons formés des deux mêmes consonnes, et d'une voyelle.

Tha	the	thi	tho	thu
gla	gle	gli	glo	glu
dra	dre	dri	dro	dru
bla	ble	bli	blo	blu
sca			sco	scu
gra	gre	gri	gro	gru
sta	ste	sti	sto	stu
pla	ple	pli	plo	plu
fla	fle	fli	flo	flu
chra	chre	chri	chro	chru
rha	rhe	rhi	rho	rhu
tra	tre	tri	tro	tru
pra	pre	pri	pro	pru
cha	che	chi	cho	chu
phra	phre	phri		
pha	phe	phi	pho	phu
cla	cle	cli	clo	clu
vra	vre	vri	vro	
thra	thre	thri	thro	
spa	spe	spi	spo	spu
sça	sçe	sçi		
gna	gne	gni	gno	gnu
phla	phle	phli	phlo	phlu
fra	fre	fri	fro	fru
cra	cre	cri	ero	cru
bra	bre	bri	bro	bru

Mots de différentes syllabes composés des sons pré-
cédens.

bl â me ,	bl ê me ,
br a ve ,	br è ve ,
ch as se ,	ch ê ne ,
Chr am ne ,	Chr è me ,
Cl a vi er ,	cl é men ce ,
cr a be ,	cr ê che ,
dr a pé ,	dr es sé ,
fl a té ,	fl ê che ,
fr a cas ,	fr è re ,
phr a se ,	phr é né si e ,
gl a ce ,	gl è be ,
I gn a ce ,	A gn ès ,
gr a pe ,	gr ê le ,
ph a re ,	ph é nix ,
phl é bo to mie ,	phl eg ma ti que ,
pl a ce ,	pl é ni er ,
pra ti que ,	pr ê tre ,
rh a bil lé ,	rh é teur ,
sç a vant ,	sc è ne ,
Sc a ron ,	Sc a man dre ,
sp a dil le ,	spé ci fi que ,
st a de ,	St é tin ,
Th a li e ,	th ê me ,
Thr a ce ,	thr é sor ,
tr a pe ,	tr è ve ,
i vr e ,	I v ri ,

Mots de différentes syllabes, composés des sons précédens.

bl in de ,	bl o qué ,	bl u te ,
br i sé ,	br o dé ,	br u ne ,
ch i le ,	ch o se ,	ch û te ,
Chr i sti ne ,	chr o ni que ,	chr u dim ,
Cl i mè ne ,	cl o che ,	Cl u ni ,
cr i me ,	cr o che ,	cr u che ,
dr i a de ,	dr ô le ,	Dr u i de ,
fl i pot ,	fl o re ,	fl û te ,
fr i sé ,	fr o té ,	fr u gal ,
Phr i gie ,		
gl is sa de ,	gl o be ,	gl u ant ,
di gn i té ,	i gn o ré ,	ro gn u re ,
gr i ve ,	gr o te ,	gr u rie ,
phi si que ,	ph os pho re ,	
Pl i ne ,	pl om bé ,	pl u me ,
pr i me ,	pr ô ne ,	pr u ne ,
Rh in ,	Rh ô ne ,	rh u me ,
S i am ,	sc is si on ,	sc i u re ,
Sc ot ,	sc or pi on ,	Sc u de ri ,
sp i ra le ,	sp on dé e ,	
st i le ,	st o rax ,	st u pi de ,
th im ,	Th o mas ,	Thu ci di de ,
	thr ô ne ,	
Tr i po li ,	tr o pe ,	tr u fe ,
	i vr o gne ,	

C 3

Mots de différentes syllabes, composés des sons précédens.

bl an ch ir ,	bl es su re ,	bl in da ge ,
br as se rie ,	br es se ,	br im ba le ,
ch ar ni er ,	Ch er so nè se,	ch if fo né ,
cl as si que ,	cl er gé ,	cl is tè re ,
cr am po né ,	cr es se le ,	cr is ta lin ,
dr ag me ,	Dr es de ,	dr il le ,
fl a te rie ,	fl eu re te ,	fl ic fl ac ,
fr an ch ir ,	fré qu en ce ,	fr ic ti on ,
gl a an du le ,	gl et te ,	gl is sa de ,
i gn a re ,	in di gne ,	di gn i té ,
gr as sé yer ,	Gr e na de ,	gr i ot te ,
ph an tô me ,	Ph é ni cie ,	ph il tre ,
pl ai do yer ,	pl é ni tu de ,	pl is su re ,
prag ma ti que ,	pr en dre ,	pr in ci pa le ,
Ra da man te ,	rh é to ri que ,	rhi no cé ros ,
sc an da le ,	sç e ne ,	sç i a ge ,
spa tu le ,	sp ec ta cle ,	sp i ri tu el ,
st an ce ,	st er lin ,	st ig ma tes ,
tr an quil le ,	tr en ti è me ,	tr is tes se ,

Mots de différentes syllabes, composés des sons précédents.

bl on di ne,
br on zé,
ch o co lat,
cl o ch et te,
cr o se,
dr o gue,
fl o ta ge,
fr on de,
gl o bu le,
ign o ré,
gr os se,
ph os pho re,
pl on ge on,
pr os cr it,
rho do mon ta de,
sc or pi on,
sp on ta né,
sto ma cal,
trom pe ri e,

bl u et te,
br us que ri e,
ch û te,
Cl u ni ste,
cr u ci fix,
Dr u i de,
fl u xi on,
fr us tré,
gl u ti na tif,
ro gn u re,
gr u ri e,
ph y si que,
pl u ma ge,
pr u den ce,
Scu dé ri,
rhu ma tis me,
sp u mo si té,
st u pi di té,
tr u i te,

~~~~~~~~~~~~~~~~~

INSTRUCTION

Pour les personnes qui enseignent à lire.

Si les consonnes empruntent des voyelles des sons différens, les voyelles unies les unes aux autres, forment avec les consonnes dont elles sont suivies, des sons infiniment variés, sur lesquels il est important de fixer l'attention des jeunes personnes. Les tables suivantes offrent un grand nombre de sons tous formés de l'union de plusieurs voyelles. Afin de sauver aux personnes qui instruisent, l'embarras de les articuler avec cette netteté ; on a mis, à côté de chaque son, des mots dans lesquels sont employés les sons qu'on doit faire prononcer à un enfant.

Il faut faire remarquer aux éleves les articulations différentes que donnent aux voyelles, les deux points qu'elles portent en tête, comme dans *laïc*, *aëré*, etc.

Voyelles unies à d'autres voyelles, ou placées à leur suite, et formant avec les consonnes ou les voyelles dont elles sont suivies, une ou plusieurs syllabes.

on prononce comme dans		on prononce comme dans	
Aë	aë ré	aon	P aon
æa	Æa que	août	Août
aen	C áen	aoux	ch aoux
ai	bal ai	au	au au
aî	f aî tiere	aïs	Em aïs
aï	l aï c	aud	ch aud
aie	h aie	aul	P aul
aient	p aient	aulx	f aulx
aïeul	bis aïeul	aoul	f aoul
aïde	Adél aïde	aur	M aur
ail	b ail	aut	f aut
aille	can aille	aux	ch aux
aim	ess aim	ay	C ay lus
ain	p ain	aya	attr ayant
ains	m ains	ayé	r ayé
aint	cr aint	ayen	Bisc ayen
air	ch air	ayer	bég ayer
aire	capill aire	ayeux	B ayeux
ais	d ais	ayon	cr ayon
aïs	m aïs		
ait	f ait	ea	mang ea
aix	p aix	ean	J ean
ao	Cac ao	eant	afflig eant

on prononce comme dans | on prononce comme dans

éal	Bor éal		euis	n eufs
éar	B éar nois		euil	d euil
éat	b éat		euille	f euille
eau	gât eau		eur	p eur
eaux	moin eaux		eut	p eut
ée	nu ée		eux	d eux
éen	Idum éen		ey	Bug ey
ées	ach ées			
éïa	pl éïa de		iable	chât iable
éïde	Nér éïde		iade	Dr iade
eil	ort eil		ia	mar ia ge
eillé	bout eille		ial	offic ial
éïn	pleb éïn		iam	S iam
eim	Benh eim		ian	all ian ce
ein	fr ein		iand	fr iand
eindre	f eindre		iard	l ard
eint	p eint		ias	Os ias
eing	s eing		iat	op iat
éïo	Ang éio logie		iâtre	opin iâtre
eoir	ass eoir		iau	fabl iau
eois	bourg eois		iaux	best iaux
éole	alv éole		ie	p ie
eon	pig eon		iée	mar iée
eot	mig eot er		iel	m iel
eu	bl eu		ieme	trent ieme
euf	b euf		ien	magic cien

on prononce comme dans	on prononce comme dans
ieux Br *ieux*	oî cr *oî* tre
ient t *ient*	oï M *oï*se
ier chart *ier*	oïe j *oie*
iere tan *niere*	ooj c *oo* pérateur
iers f *iers*	ou f *ou*
iette d *iette*	ouac biv *ouac*
ieu l *ieu*	ouade esc *ouade*
ieue bahl *ieue*	ouage Br *ouage*
ieux p *ieux*	oud c *oud* e
io Cl *io*	oué Cord *oue*
iole bab *iole*	oué d *oué*
iu Ab *iu*	ouer av *ouer*
ya Dr *ya* de	ouet j *ouet*
yen Ca *yen* ne	ouette ch *ouette*
yer plaido *yer*	oug j *oug*
yon Ba *yon* nois	oui réj *oui*
	ouie *ouie*
oa c *oa* guler	ouin bab *ouin*
oard béz *oard*	ouil b *ouil* li
œil *œil*	ouille citr *ouille*
œufs *œufs*	ouir évan *ouir*
œur s *œur*	ouis b *ouis*
œu *œu* vre	oul Capit *oul*
oé c *oé* ternel	oup c *oup*
oë c *oë* ffe	our am *our*
oi effr *oi*	ourd l *ourd*

on prononce	comme dans	on prononce	comme dans
ours	j *ours*	uil	c *uil* lere
oux	courr *oux*	uille	aig *uille*
oust	ac *ousti* que	uir	f *uir*
		uire	c *uire*
ua	alg *ua* sil	uis	Pert *uis*
uan	Dom J *uan*	uiss	b *uiss* on
uant	p *uant*	uist	c *uist* re
uau	cr *uau* té	uit	br *uit*
uë	barb *uë*	uite	tr *uite*
uée	n *uée*	uits	fr *uits*
uer	arg *uer*	uivre	c *uivre*
uet	m *uet*	uüm	D *uüm* vir
uette	l *uette*	uyer	app *uyer*
ueux	anfract *ueux*		
ui	app *ui*	ya	Bo *ya* rd
uïde	Dr *uïde*	yau	alo *yau*
uïds	m *uïds*	yen	do *yen*
uie	pl *uie*	ye	courro *ye*
uif	s *uif*	yer	coudo *yer*
uïfs	J *uïfs*	yeur	gibo *yeur*
uin	J *uin*	yeux	jo *yeux*

INSTRUCTION

INSTRUCTION

Pour les personnes qui enseignent à lire.

LES pages 38, 39, 40 et 41 présentent une suite de mots monosyllabes, suivant l'ordre alphabétique : on y en a fait entrer le plus qu'il a été possible, sans trop s'attacher au sens ; parce que les enfants ont toujours beaucoup de peine à bien lire ces sortes de mots.

On a encore séparé la consonne simple ou double, de la voyelle, afin que les éleves en saisissent mieux l'ensemble eux-mêmes.

Pour les accoutumer à lire hardiment deux mots monosyllabes à la fois, on a rapproché les mêmes monosyllabes, depuis la page 42 jusqu'à la page 44, cet exercice prépare à quelques petites lectures en monosyllabes qui se trouvent à la page 45. L'éleve s'en tirera parfaitement, s'il a été bien exercé sur les deux tables de monosyllabes ; ces petits triomphes allument le courage des enfants : il ne faut jamais manquer à leur en ménager.

D

Monosyllabes qu'il faut faire lire d'abord par sons séparés, et ensuite tout d'un mot.

b-ail	bail	cl-oud	cloud	d-ain	dain
b-ain	bain	ch-air	chair	d-ais	dais
b-eau	beau	ch-aud	chaud	d-eux	deux
b-eaux	beaux	ch-aux	chaux	d-euil	deuil
b-aux	baux	ch-œur	chœur	D-ieu	Dieu
b-œuf	bœuf	c-œur	cœur	d-ieux	dieux
b-œufs	bœufs	ch-ien	chien	d-ois	dois
bl-eu	bleu	ch-ou	chou	d-oit	doit
b-ien	bien	ch-oux	choux	d-oigts	doigts
b-ais	biais	ch-oix	choix	d-ou	d'où
b-ouc	bouc	ch-oir	choir	d-oux	doux
b-oue	boue	ch-ois	chois	d-roit	droit
b-ois	bois	c-oin	coin	dr-ue	drue
b-ourg	bourg	c-oing	coing	Dr-eux	Dreux
b-out	bout	c-ou	cou		
br-uit	bruit	c-oup	coup	f-aut	faut
b-uis	buis	c-oût	coût	f-aux	faux
		c-our	cour	f-aulx	faulx
c-ap	cap	c-ours	cours	f-aim	faim
C-aen	Caen	c-ourt	court	f-ait	fait
C-aux	Caux	cr-aie	craie	f-aits	faits
c-eux	ceux	cr-aint	craint	faix	faix
c-eint	ceint	cr-eux	creux	fa-on	faon
c-iel	ciel	cr-oix	croix	f-eu	feu
c-ieux	cieux	cr-ois	crois	f-eux	feux
cl-aie	claie	cr-oit	croit	feint	feint
cl-air	clair	cr-ue	crue	f-ier	fier
cl-ou	clou	cu-ir	cuir	fl-eur	fleur
cl-oux	cloux	cu-it	cuit	f-oi	foi

f-oie	foie	h-oue	houe	l-ient	lient
F-oix	Foix	h-oux	houx	l-ieu	lieu
f-ois	fois	h-uit	huit	l-ieux	lieux
f-oin	foin			l-ieue	lieue
f-ouet	fouet	j-ai	j'ai	l-oi	loi
f-oux	foux	j-aie	j'aie	l-oix	loix
f-our	four	J-ean	Jean	l-oin	loin
fr-ais	frais	j-eu	jeu	l-oue	loue
fr-ein	frein	j-eux	jeux	-ouent	louent
fr-oid	froid	j-eus	j'eus	l-oué	loué
fr-uit	fruit	-oie	joie	L-ouis	Louis
fr-uits	fruits	j-ouet	jouet	-oup	loup
f-uir	fuir	j-ouets	jouets	-oups	loups
f-uis	fuis	-ouer	jouer	-oud	lourd
f-uit	fuit	-oue	joue	-ui	lui
		-ouent	jouent		
g-ai	gai	-oug	joug	M-ai	Mai
g-ain	gain	-our	jour	m-ail	mail
g-eai	geai	-ours	jours	m-ain	main
g-ué	gué	J-uif	Juif	m-ains	mains
g-uet	guet	J-uifs	Juifs	M-aur	Maur
g-ueux	gueux	J-uin	Juin	m-aux	maux
g-oût	goût			M-eaux	Meaux
gr-ain	grain	l-aïc	laïc	m-ien	mien
gr-ains	grains	l-aid	laid	m-ieux	mieux
gr-ais	grais	l'-air	l'air	m-eus	meus
gr-ue	grue	l'-aie	l'aie	m-eut	meut
gr-ouin	grouin	l'-eau	l'eau	m-eurs	meurs
		L-eu	Leu	m-eurt	meurt
h-aie	haie	l-eur	leur	m-œurs	mœurs
h-ait	hait	l-eurs	leurs	m-ien	mien
h-aut	haut	l-ie	lie	m-ie	mie
h-ier	hier	l-ien	lien	m-iel	miel

m-oi	moi	p-eur	peur	p-uits	puits
m-oins	moins	p-eu	peu		
m-ois	mois	p-eus	peus	q-uai	quai
m-ou	mou	p-eut	peut	q-uart	quart
m-oue	moue	p-eint	peint	q-uand	quand
m-uet	muet	p-ie	pie	q-uart	quart
m-uids	muids	p-ied	pied	q-uel	quel
		p-ieds	pieds	q-ueue	queue
n-ain	nain	p-ieu	pieu	q-u-eux	qu'eux
n-œud	nœud	p-ieux	pieux	q-u'il	qu'il
n-œuds	nœuds	pl-aie	plaie	q-uoi	quoi
n-euf	neuf	pl-ais	plais	q-uint	quint
n-ie	nie	pl-aît	plaît	q-u'on	qu'on
n-iais	niais	pl-ains	plains	q-u'un	qu'un
N-oël	Noël	pl-aint	plaint		
n-oir	noir	pl-ein	plein	r-aie	raie
n-oix	noix	pl-ie	plie	r-eins	reins
n-oueux	noueux	pl-ient	plient	R-eims	Reims
n-ous	nous	pl-eurs	pleurs	r-ien	rien
n-uit	nuit	pl-eut	pleut	R-oi	Roi
n-ue	nue	pl-uie	pluie	r-oue	roue
n-uée	nuée	p-oids	poids	r-oux	roux
		p-ois	pois	R-ouen	Rouen
p-ain	pain	p-oix	poix	r-ouet	rouet
p-aîs	paîs	p-oint	point	r-ouer	rouer
p-aît	paît	p-oing	poing	r-ou	rou
p-aix	paix	p-oil	poil		
p-aïs	païs	p-oils	poils	s-aie	saie
p-aie	paie	p-ouls	poulx	s-ais	sais
p-air	pair	pr-ie	prie	s-ain	sain
p-aon	paon	p-rient	prient	s-aint	saint
P-aul	Paul	pr-oie	proie	s-ait	sait
p-eau	peau	p-roue	proue	s-auf	sauf

s-aut	saut	s-uit	suit	v-aut	vaut
sc-eau	sceau			v-eau	veau
sc-eaux	sceaux	t-aie	taie	v-eaux	veaux
s-ein	sein	t-aux	taux	v-ain	vain
s-eing	seing	t-eins	teins	v-air	vair
s-œur	sœur	t-eint	teint	v-œu	vœu
s-aoul	saoul	t-ien	tien	v-œux	vœux
s-eul	seul	t-iens	tiens	v-eut	veut
s-euil	seuil	t-ient	tient	v-ie	vie
sc-ie	scie	t-iers	tiers	v-ieil	vieil
sc-ient	scient	t-ous	tous	v-ieux	vieux
s-ien	sien	t-out	tout	v-iens	viens
s-oi	soi	t-oux	toux	v-ient	vient
s-oie	soie	t-oit	toit	v-voie	voie
s-oin	soin	tr-ain	train	v-oix	voix
s-oir	soir	tr-ait	trait	v-oir	voir
s-ois	sois	tr-aits	traits	v-ois	vois
s-oit	soit	tr-ois	trois	v-oit	voit
s-oient	soient	Tr-oie	Troie	v-oient	voient
s-oif	soif	tr-our	trou	vr-ai	vrai
s-ourd	sourd	T-ours	Tours	v-ue	vue
s-ous	sous	tr-ou	trou	v-ues	vues
s-uie	suie	tr-oué	troué		
s-uis	suis	tr-oue	troue	y-eux	yeux
s-uif	suif				

D 3

Monosyllabes et dissyllabes composés de monosyl-
labes précédens simples.

air fier
ail leurs
ait eu
Août chaud
au mieux
aux cieux
aient lieu

bail-leur
bain froid
beau jeu
beaux jeux
bœuf noir
bleu clair
bien fait
biai-ser
bou-quin
bou-eux
bout-à-bout
bois-seau
bou-te-feu
bruit sourd
buis court

cail-lou
ceint au tour
ciel bleu
cieux en feu
claie de bois

clou droit
clair et frais
chair crue
chaud et froid
chaux et craie
chou fleur
cœur de roi
chien fou
coing-cuit
coup de feu
cou-teau
cou-cou
cou de bœuf
cour-te joie
cours droit
craie et chaux
creux et plein
croix de buis
crois-moi
cuir et chair
cuit au four
crue d'eau

dais en l'air
dain vieux
deuil de cour
deux à deux
dieu des dieux
doigt au trou

doigts courts
doit tout
doux au cœur
droit et haut

eau de-vie
eux et vous
œuf frais
œufs cuits
œil de bœuf

faux seing
faim et soif
fais bien
fais-ceaux
fait à tout
fait au tour
faix lourd
feu de bois
feux de nuit
feint et faux
fier et haut
fleur et fruit
foie de veau
foi de roi
foin et grain
fouet de cuir
fourd chaud
frais et gai

frein doux	lait chaud	main-à-pied
froid noir	laie et loup	neuf et trois
fruits et fleurs	l'air et l'eau	nie et nient
fuir loin	lie et Leu	noir de peau
	lient tout	Noël et Jean
gai et gué	lieux saints	noue et nouet
geai noir	lieue loin	noué en deux
guet à pied	loi et loix	nous et eux
gueux à rouer	loin d'eux	nuit et jour
grains et foins	Louis trois	nue et nuée
grue en l'air	loup et laie	
grouin de truie	lui et vous	oit et oient
		oie et ouais
haie de buis	Mai et Juin	oui et ouïes
haut et fier	mail à jouer	oint et saint
hier au soir	mainte-fois	ouïr et voir
houx noueux	main-tien	ours noir
houe de bois	mais au moins	
huit clos	Maur et Louis	pain cuit
huit fois	maux de cœur	paix de Dieu
	meus et meut	pays de Caux
Jean et louis	le mien le tien	paie de roi
jeu d'oie	mieux fait	pair laïc
jeu de main	meurs et meurt	paon en l'air
j'eus hier	mie de pain	peau de chien
joie au cœur	miel doux	paul et Louis
jouet à jouer	moi et eux	peur et fuir
joue à joue	mois d'Août	peu-à-peu
jour et nuit	moins bien	peint en beau
joug et juif	mou-leur	pieu de bois
juin et Mai	muet et sourd	pied à pied
	muids d'eau	pied de roi
laid et fou		plaît à Dieu

plaint de tous	Rois des Rois	taie à l'œil
plein d'eau	roue et rouet	tout et tous
plie et plient	roux et bleu	teint en noir
poids et poix	rouet et roue	tient bien
pois en fleurs	rue St. Louis	tout en haut
pleurs et pleut		toit en feu
peut-on voir	saint et sauf	trait en tos
point du tout	Saint Leu	traits de feu
poing court	saute en l'air	train de bois
poil roux	scau du roi	trois à trois
plaie au cœur	sein et sceaux	Troie et Tonre
pluie en l'air	sein en saints	tour à tour
prie dieu	sœur de lait	trou et truie
prient tous	saoul de tout	
proue à l'eau	seul à seul	vau- rien
puits et sceau	seuil de bois	veau cuit
	scie à main	veaux noir
quai neuf	scieurs de bois	vain et fier
quart et quint	le sien et le mien	vrai et vieil
quant et quand	soif et faim	vœux au ciel
quel qu'il soit	soi seul	veut et vœux
queue de loup	soin à tout	vie des Saints
quoi qu'il ait	soir et soie	viens et vient
quint et quart	soies à moi	vieux oing
qu'un y soit	soit et soient	voie de lait
qu'on le lie	sourd à tous	voie en haut
	sous la main	voit le jour
raye et rayent	suie en feu	vois et voient
raie et reins	suit à pied	vrai et faux
Reims et Rouen	suif neuf	voix et vue
rien en tout	suis-moi	

PIECE DE LECTURE

Composée de monosyllabes.

DIEU a fait le Ciel et tout ce qu'on voit sous les Cieux, tout ce qui est dans les eaux, et en tous lieux. Il a fait le jour et la nuit.

Dieu voit tout. Il voit le bien et le mal qu'on fait. Il voit tout ce qui est dans nos cœurs. Dieu fait tout ce qui lui plaît. Il a fait tout ce qui est dans les airs. Il tient tous les biens dans sa main.

Dieu est le Roi des Rois, le saint des saints, le Dieu des Dieux. Nos vœux et nos cœurs sont ce qui lui plaît le mieux. Quand on a la foi on croit tout ce qu'il a fait pour nous.

INSTRUCTION

Pour les personnes qui enseignent à lire.

LES sons composés qui déterminent les différens temps des verbes, embarrassent long-temps les enfants. Pour y remédier, on a fait entrer dans les pages 47, 48, 49 et 50, une suite de verbes de deux, de trois et de quatre syllabes, rangés par ordre alphabétique; on y a rapproché les terminaisons *ent*, *ant*, *oit*, et *oient*, que les enfants confondent ordinairement. Il faut avoir soin de les bien exercer sur ces différentes terminaisons, ils n'y trouveront plus aucune difficulté dans la suite.

Les pages 51 et 52 contiennent une suite de petites phrases, où l'on a rapproché les verbes du mot qui n'est point verbe, pour faire comprendre aux enfants que les trois lettres *ent*, se prononcent comme un *e* muet, à la fin d'un verbe; et que ces trois lettres se prononcent toutes à la fin de tous les autres mots.

Mots de deux syllabes.	Mots de trois syllabes.	Mots de quatre syllabes.
ai mer	ab bat tre	ac cou tu mer
ai mant	ab bat tant	ac cou tu mant
ai ment	ab bat tent	ac cou tu ment
ai moit	ab bat toit	ac cou tu moit
ai moient	ab bat toient	ac cou tu moient
boi re	ba lan cer	bal bu ti er
bu vant	ba lan çant	bal bu ti ant
boi vent	ba lan cent	bal bu ti ent
bu voit	ba lan çoit	bal bu ti oit
bu voient	ba lan çoient	bal bu ti oient
chan ter	châ ti er	ca ra co ler
chan tant	châ ti ant	ca ra co lant
chan tent	châ ti ent	ca ra co lent
chan toit	châ ti oit	ca ra co loit
chan toient	châ ti oient	ca ra co loient
don ner	dé li vrer	dé mé na ger
don nant	dé li vrant	dé mé na geant
don nent	dé li vrent	dé mé na gent
don noit	dé li vroit	dé mé na geoit
don noient	dé li vroient	dé mé na geoient
en fler	ef fa cer	é cha fau der
en flant	ef fa çant	é cha fau dant
en flent	ef fa cent	é cha fau dent
en floit	ef fa çoit	é cha fau doit
en floient	ef fa çoient	é cha fau doient

Mots de deux syllabes.	Mots de trois syllabes.	Mots de quatre syllabes.
for cer	fri cas ser	fan fa ron ner
for çant	fri cas sant	fan fa ron nant
for cent	fri cas sent	fan fa ron nent
for çoit	fri cas soit	fan fa ron noit
for çoient	fri cas soient	fan fa ron noient
ga gner	gou man der	ges ti cu ler
ga gnant	gour man dant	ges ti cu lant
ga gnent	gour man dent	ges ti cu lent
ga gnoit	gour man doit	ges ti cu loit
ga gnoient	gour man doient	ges ti cu loient
ha cher	ha bi ter	her bo ri ser
ha chant	ha bi tant	her bo ri sant
ha chent	ha bi tant	her bo ri sent
ha choit	ha bi toit	her bo ri soit
ha choient	ha bi toient	her bo ri soient
jou er	jar di nier	jus ti fi er
jou ant	jar di nant	jus ti fi ant
jou ent	jar di nent	jus ti fi ent
jou oit	jar di noit	jus ti fi oit
jou oient	jar di noient	jus ti fi oient
lui re	la bou reur	lé gi ti mer
lui sant	la bou rant	lé gi ti mant
lui sent	la bou rent	lé gi ti ment
lui soit	la bou roit	lé gi ti moit
lui soient	la bou roient	lé gi ti moient

Mots

Mots de deux syllabes.	*Mots de trois syllabes.*	*Mots de quatre syllabes.*
man quer	mas sa crer	mor ti fi er
man quant	mas sa crant	mor ti fi ant
man quent	mas sa crent	mor ti fi ent
man quoit	mas sa croit	mor ti fi oit
man quoient	mas sa croient	mor ti fi oient
na ger	né to yer	né go ci er
na geant	né to yant	né go ci ant
na gent	né to yent	né go ci ent
na geoit	né to yoit	né go ci oit
na geoient	né to yoient	né go ci oient
ou vrir	or don ner	or ga ni ser
ou vrant	or don nant	or ga ni sant
ou vrent	or don nent	or ga ni sent
on vroit	or don noit	or ga ni soit
ou vroient	or don noient	or ga ni soient
pein dre	par cou rir	phi lo so pher
pei gnant	par cou rant	phi lo so phant
pei gnent	par cou rent	phi lo so phent
pei gnoit	par cou roit	phi lo so phoit
pei gnoient	par cou roient	phi lo so phoient
quit ter	que rel ler	ques ti on ner
quit tant	que rel lant	ques ti on nant
quit tent	que rel lent	ques ti on nent
quit toit	que re loit	ques ti on noit
quit toient	que rel loient	ques ti on noient

E

Mots de deux syllabes.	Mots de deux syllabes.	Mots de quatre syllabes.
ren dre	ré pon dre	ré com men cer
ren dant	ré pon dant	re com men çant
ren dent	ré pon dent	ré com men cent
ren doit	ré pon doit	ré com men çott
ren doient	ré pon doient	ré com men çoient
souf frir	sou met tre	sa cri fi er
souf frant	sou met tant	sa cri fi ant
souf frent	sou met tent	sa cri fi ent
souf froit	sou met toit	sa cri fi oit
souf froient	son met toient	sa cri fi oient
tor dre	té moi gner	tran quil li ser
tor dant	té moi gnant	tran quil li sant
tor dent	te moi gnent	tran quil li sent
tor doit	té moi gnoit	tran quil li soit
tor doient	té moi gnoient	tran quil li soient
vou loir	ven den ger	ver ba li ser
vou lant	ven dan géant	ver ba li sant
vou lent	ven den gent	ver ba li sent
vou loit	ven den geoit	ver ba li soit
vou loient	ven den geoient	ver ba li soient

EXEMPLES.

Qui font voir que les lettres ent *ont le même son que l'e muet, à la fin des mots auxquels on peut joindre ils ou elles ; mais qu'elles se prononcent à la fin de tous les autres mots.*

Les hom mes s'ai ment
    ra re ment.

Les oi se aux cou vent
    sou vent.

Les en fans ai ment
    le mou ve ment.

Les pa res seux s'a ni ment
    dif fi ci le ment.

Les hon nê tés gens s'es ti ment
    mu tu el le ment.

Les da mes s'ex pri ment
    dé li ca te ment.

Les chi me res se for ment
    ai sé ment.

Les dé vots dor ment
    mol le ment.

Les bons li vres s'im pri ment
soi gneu se ment.
Les pe tits en fans s'ac cou tu ment
fa ci le ment.
Les pol trons s'a lar ment
ai sé ment.
Les ours se ren fer ment
é troi te ment.
Les grands dé fauts se ré for ment
ra re ment.
Les a va res s'en dor ment
dif fi ci le ment.
Les mau vais livres se sup pri ment
promp te ment.
Les vieil lards s'en rhument
fa ci le ment.

INSTRUCTION

Pour les personnes qui enseignent à lire.

Ici commencent les premières lectures suivies, imprimées en caractères romain et italique. On a cru devoir présenter d'abord aux enfants les prieres qu'ils doivent réciter tous les jours, et qu'on ne sauroit trop tôt leur apprendre. L'unique moyen d'y réussir, c'est de les leur faire lire et relire, jusqu'à ce qu'ils les sachent passablement par cœur : on les a mises d'un côté à sons séparés, de l'autre, à sons liés. La premiere opération prépare à la seconde. Il faut toujours suivre ce procédé, jusqu'à ce que les enfants soient fermes dans la lecture.

Il faut leur faire lire et apprendre également par cœur les pieces de lecture qui se trouvent aux pages 62 suivantes.

L'O rai son Do mi ni ca le.

NO TRE Pè re qui ê tes aux Ci eux :
que vo tre Nom soit sanc ti fi é : que
vo tre re gne ar ri ve : que vo tre vo-
lon té soit fai te en la ter re com me au
ci el : don nez-nous au jour d'hui no tre
pain quo ti dien , et nous par don nez
nos of fen ses , com me nous par don nons
à ceux qui nous ont of fen sés ; et ne
nous in dui sez point en ten ta ti on ;
mais dé li vrez nous du mal.

Ain si soit - il.

La Sa lu ta ti on An gé li que.

JE vous sa lue Ma rie , plei ne de graces , le Sei gneur est avec vous : vous êtes
bé nie en tre tou tes les fem mes ; et Je sus,
le fruit de vo tre ven tre , est bé ni.

Sain te Ma rie , me re de Dieu, pri ez
pour nous pau vres pé cheurs , main te nant
et à l'heu re de no tre mort.
Ain si soit - il.

L'Oraison Dominicale.

NOTRE Pere qui êtes aux cieux : que votre Nom soit sanctifié : que votre regne arrive : que votre volonté soit faite en la terre comme au ciel : donnez-nous aujourd'hui notre pain quotidien , et nous pardonnez nos offenses , comme nous pardonnons à ceux qui nous ont offensés ; et ne nous induisez point en tentation ; mais délivrez - nous du mal.

Ainsi soit - il.

La Salutation Angélique.

JE vous salue Marie , pleine de graces, le Seigneur est avec vous : vous êtes bénie entre toutes les femmes ; et Jesus, le fruit de votre ventre , est béni.

Sainte Marie , mere de Dieu , priez pour nous pauvres pécheurs , maintenant et à l'heure de notre mort.

Ainsi soit - il.

La Con fes si on des pé chés.

JE con fes se à Dieu tout - puis-
sant , à la Bien heu reu se Ma rie
tou jours Vier ge , à saint Michel
Ar chan ge , à saint Jean - Bap-
tis te , aux A pô tres saint Pier re
et saint Paul , à tous les saints ,
que j'ai beau coup pé ché par pensées, par pa ro les et par ac tions:
c'est ma fau te , c'est ma fau te ,
c'est ma très-gran de fau te. C'est
pour quoi je sup plie la bien heu-
reu se Ma rie tou jours Vi er ge ,
saint Mi chel Ar chan ge , saint
Jean - Bap tis te , les Apô tres saint
Pi er re et saint Paul , tous les
saints , de pri er pour moi le seigneur no tre Dieu.

La Confession des péchés.

JE confesse à Dieu Tout-puissant à la Bienheureuse Marie toujours Vierge, à saint Michel Archange, à saint Jean-Baptiste, aux Apôtres saint Pierre et saint Paul, à tous les saints, que j'ai beaucoup péché par pensées, par paroles et par actions : c'est ma faute, c'est ma faute, c'est ma très-grande faute. C'est pourquoi je supplie la Bienheureuse Marie toujours Vierge, saint Michel Archange, saint Jean-Baptiste, les Apôtres saint Pierre et saint Paul, tous les saints, de prier pour moi le seigneur notre Dieu.

Les Com man de mens de Dieu.

UN seul Dieu tu a do re ras,
Et ai me ras par fai te ment.
Dieu en vain tu ne ju re ras,
Ni au tre cho se pa reil le ment.
Les Di man ches tu gar de ras,
En ser vant Dieu dé vo te ment.
Tes pe re et me re ho no re ras,
A fin que tu vi ves lon gue ment.
Ho mi ci de point ne se ras,
De fait ni vo lon tai re ment.
Lu xu ri eux point ne se ras,
De corps ni de con sen te nent.
Le bien d'au trui tu ne pren dras,
Ni re ti en dras à ton es ci ent.
Faux té moi gna ge ne di ras,
Ni men ti ras au cu ne ment.
L'œu vre de chair ne de si re ras,
Qu'en ma ri a ge seu le ment.
Biens d'au trui ne con voite ras,
Pour les a voir in jus te ment.

Les Commandemens de Dieu.

UN seul Dieu tu adoreras,
Et aimeras parfaitement.
Dieu en vain tu ne jureras,
Ni autre chose pareillement.
Les Dimanches tu garderas,
En servant Dieu dévotement.
Tes pere et mere honoreras,
Afin que tu vives longuement.
Homicide point ne seras,
De fait ni volontairement.
Luxurieux point ne seras,
De corps ni de consentement.
Le bien d'autrui tu ne prendras,
Ni retiendras à ton escient.
Faux témoignage ne diras,
Ni mentiras aucunement.
L'œuvre de chair ne desireras,
Qu'en mariage seulement.
Biens d'autrui ne convoiteras,
Pour les avoir injustement.

Les Com man de mens l'E gli se.

LES Fê tes tu sanc ti fi e ras ,
Qui te sont de com man de ment.
Les Di man ches la Mes se ou ï ras ,
Et les fê tes pa reil le ment.
Tous tes pé chés con fes se ras ,
A tous le moins u ne fois l'an.
Ton Cré a teur tu re ce vrás ,
Au moins à Pâ ques hum ble ment.
Qua tre-temps , vi gi les jeû ne ras ,
Et le Ca rê me en ti é re ment.
Ven dre di chair ne man ge ras ,
Ni le sa me di mê me ment.

La Bé né dic ti on de la Ta ble.

Au nom du Pe re , et du Fils , et du St. Es prit.
Ain si soit-il.

QUE la main de Je sus-Christ nous bé nis-
se , et la nour ri tu re que nous al lons
pren dre.

Gra ces.

Au nom du pe re et du Fils , etc.

NOUS vous ren dons gra ces de tous vos
bien faits , ô Dieu Tout-Puis sant , qui vi vez
et ré gnez dans tous les sie cles des sie cles.
Ain si soit-il.

Les

Les Commandemens de l'Eglise.

LES Fêtes tu sanctifieras,
Qui te sont de commandement.
Les dimanches Messe ouïras,
Et les Fêtes pareillement.
Tous tes péchés confesseras,
A tout le moins une fois l'an.
Ton Créateur tu recevras,
Au moins à Pâques humblement.
Quatre-temps, vigiles, jeûneras,
Et le Carême entièrement.
Vendredi chair ne mangeras,
Ni le samedi mêmement.

La Bénédiction de la Table.

Au nom du Père, et du Fils et du St. Esprit.
Ainsi soit-il.

QUE la main de Jesus-Christ nous bénisse,
et la nourriture que nous allons prendre.

Graces.

Au nom du Père et du Fils, etc.

NOUS vous rendons graces de tous vos bienfaits, ô Dieu Tout-Puissant, qui vivez et ré-
gnez dans tous les siecles des siecles.
Ainsi soit-il.

F.

Idée de, Dieu et de son pouvoir sur tou tes les cré a tu res.

Ce Dieu, Maî tre ab so lu de la
 Ter re et des Cieux,
N'est point tel que l'er reur le
 fi gu re à vos yeux.
L'E ter nel est son nom; le Mon de
 est son ou vra ge.
Il en tend les sou pirs de l'hum ble
 qu'on ou tra ge ;
Ju ge tous les mor tels avec d'é-
 ga les loix,
Et , du haut de son Trô ne , in-
 ter ro ge les Rois.
Des plus fer mes E tats la chûte
 é pou van ta ble,
Quand il veut, n'est qu'un jeu de
 sa main re dou ta ble.

Es ther ; Tra gé die de M. de Ra ci ne.

Idée de Dieu et de son pouvoir sur toutes les créatures.

CE Dieu, Maître absolu de la Terre et des Cieux,
N'est point tel que l'erreur le figure à vos yeux.
L'Eternel est son nom, le monde est son ouvrage.
Il entend les soupirs de l'humble qu'on outrage ;
Juge tous les mortels avec d'égales loix ;
Et , du haut de son Trône , interroge les Rois.
Des plus fermes Etats la chûte épouvantable ,
Quand il veut , n'est qu'un jeu de sa main re-
doutable.

Esther , Tragédie de M. Racine.

Idée de Dieu et de son pouvoir sur toutes les créatures.

CE Dieu , Maître absolu de la Terre et des Cieux,
N'est point tel que l'erreur le figure à vos yeux.
L'Eternel est son nom , le Monde est son ouvrage.
Il entend les soupirs de l'humble qu'on outrage ;
Juge tous les mortels avec d'égales loix ,
Et , du haut de son Trône , interroge les Rois.
Des plus fermes Etats la chûte épouvantable ,
Quand il veut , n'est qu'un jeu de sa main redou-
table.

Esther , Tragédie de M. Racine.

F 2

Au tre i dée de la tou te-puis san ce de
Dieu.

Mê me Tra gé die.

QUE peu vent con tre lui tous
les Rois de la ter re ?
En vain ils s'u ni roient pour lui
faire la guer re.
Pour dis si per leur li gue , il n'a
qu'à se mon trer ;
Il par le , et dans la pou dre il les
fait tous ren trer.
Au seul son de sa voix, la mer fuit,
le ciel trem ble ;
Il voit com me un né ant tout
l'u ni vers en sem ble ;
Et les foi bles hu mains , vains
jou ets du tré pas ;
Sont tous de vant ses yeux comme
s'ils n'é toient pas.

Autre idée de la toute-puissance de Dieu.

Même Tragédie.

QUE peuvent contre lui tous les rois de la
    terre ?
En vain ils s'uniroient pour lui faire la guerre.
Pour dissiper leur ligue, il n'a qu'à se montrer :
Il parle, et dans la poudre il les fait tous rentrer.
Au seul son de sa voix, la mer fuit, le ciel
    tremble ;
Il voit comme un néant tout l'univers ensemble ;
Et les foibles humains, vains jouets du trépas,
Sont tous devant ses yeux comme s'ils n'étoient
    pas.

Autre idée de la toute-puissance de Dieu.

Même Tragédie.

QUE peuvent contre lui tous les rois de la terre ?
En vain ils s'uniroient pour lui faire la guerre.
Pour dissiper leur ligue, il n'a qu'à se montrer ;
Il parle, et dans la poudre il les fait tous rentrer.
Au seul son de sa voix, la mer fuit, le ciel tremble ;
Il voit comme un néant tout l'univers ensemble ;
Et les foibles humains, vains jouets du trépas,
Sont tous devant ses yeux comme s'ils n'étoient pas.

Au tre mor ceau de M. Ra ci ne.

J'AI vu l'im pie a do ré sur la ter re :
Pa reil au ce dre, il por toit dans
les ci eux,
Son front au da cieux :
Il sem blait, à son gré, gou ver-
ner le ton ner re ;
Fou loit aux pieds ses en ne mis
vain cus,
Je n'ai fait que pas ser ; il n'é toit
dé jà plus.

Por trait de l'Hy po crit te.

Par M. Rous seau.

L'Hy po cri te, en frau des fer ti le,
Dès l'en fan ce, est pé tri de fard ;
Il sait co lo rer a vec art
Le fi el que sa bou che dis ti le ;
Et la mor su re du ser pent
Est moins ai guë et moins sub ti le ;
Que le ve nin ça ché que sa lan gue ré pand.

Autre morceau de M. Racine.

J'AI vu l'impie adoré sur la terre ,
Pareil au cedre , il portait dans les cieux,
    Son front audacieux :
Il sembloit , à son gré , gouverner le
    tonnerre ,
Fouloit aux pieds ses ennemis vaincus ,
Je n'ai fait que passer ; il n'étoit déjà
    plus.

Portrait de l'hypocrite.

Par M. Rousseau.

L'Hypocrite, en fraudes fertile,
Dès l'enfance , est pétri de fard,
Il sait colorer avec art
Le fiel que sa bouche distile ;
Et la morsure du serpent
Est moins aiguë et moins subtile,
Que le venin caché que sa langue
    répand.

Stances sur la Mort.

LA Mort a des rigueurs à nul le
au tre pa reil les :
On a beau la pri er ;
La cruel le qu'el le est, se bou-
che les o reil les,
Et nous lais se cri er.
Le pau vre en sa ca ba ne, où le
chau me le cou vre,
Est su jet à ses loix ;
Et la gar de qui veil le aux bar-
rie res du Lou vre,
N'en dé fend pas les Rois.

Stances sur la Mort.

LA Mort a des ri gueurs à nul le au tre pa reil les :
On a beau la pri er ;
La cruel le qu'el le est, se bou che les o reil les,
Et nous lais se cri er,
Le pauvre en sa ca ba ne, où le chau me le cou vre,
Est su jet à ses loix ;
Et la gar de qui veil le aux bar rie res du Lou vre,
N'en dé fend pas les Rois.

Stances sur la Mort.

LA Mort a des rigueurs à nulle
autre pareilles :
On a beau la prier ;
La cruelle qu'elle est, se bouche
les oreilles ,
Et nous laisse crier.
Le pauvre en sa cabane , où le
chaume le couvre ,
Est sujet à ses loix ;
Et la garde qui veille aux barrieres
du Louvre ,
N'en défend pas les Rois.

Stances sur la Mort.

LA Mort a des rigueurs à nulle autre pareilles :
On a beau la prier ;
La cruelle qu'elle est , se bouche les oreilles ,
Et nous laisse crier.
Le pauvre en sa cabane , où le chaume le couvre ,
Est sujet à ses loix ;
Et la garde qui veille aux barrieres du Louvre ,
N'en défend pas les Rois.

~~~~~~~~~~~~~~~~~~

INSTRUCTION

Pour les personnes qui enseignent à lire.

S'IL se trouve quelque enfant qui ne sache point lire après ces différentes leçons, il ne faut pas aller plus loin, parce que les règles et les opérations suivantes ne sont destinées qu'à perfectionner la lecture, et à donner aux enfants les premières idées de l'orthographe et de la prononciation. Il n'y a alors d'autres parti à prendre, que de faire recommencer l'élève tardif, les élémens de lecture qu'il a déjà vus, simples ou composés, suivant que les premiers essais auront plus ou moins réussi.

On trouve ici, depuis la page 71 jusqu'à la page 86, une suite de voyelles et consonnes simples et composées, placées suivant l'ordre alphabétique, avec des exemples qui rendent familière la différente prononciation de ces voyelles ou consonnes. Il faut faire lire cette partie avec le plus grand soin, et y revenir plus d'une fois ; le plus sûr moyen seroit de la faire écrire, dès que les enfants sont en état de modeler leurs lettres.

On a suivi l'ordre alphabétique, pour mettre les élèves en état de trouver aisément chaque lettre ou son, lorsqu'ils se trouveront arrêtés sur quelque prononciation.

Des voyelles longues, et des voyelles breves.

Les voyelles longues sont celles qui se prononcent lentement.

Les voyelles breves sont celles qui se prononcent promptement.

EXEMPLES.

EXEMPLES.

le hâle	une halle
un mâtin	le matin
un mâle	une malle
une châsse	la chasse
de la pâte	une patte
une tâche	une tache
un hêtre	une herse
un prêtre	une prêtresse
un gîte	le giron
un goître	un goinfre
un cloître	une cloison
une bûse	un buste
une mûse	une mule

ai se prononce *é*

on écrit	on prononce
j'aimai	j'émé
je donnai	je donné
je lirai	je liré
je ferai	je feré

ay se prononce *ey*

on écrit	on prononce
crayon	créyon
rayon	réyon
payer	péyer
pays	péis
paysan	péïsan

ai se prononce *è*

on écrit	on prononce
abaissement	abèssement
baisser	bèsser
biaiser	bièser
caissier	kèsier
niaiser	nièser
mauvais	mauvès
naître	nètre
maître	mètre
notaire	notère
plaire	plère

am a quelquefois le même son qu'*em*.

ambition	empire	avant	avent
ample	emploi	bannir	mentir
flamme	femme	demande	amende
lampe	remplir	fange	fente
tambour	temple	landes	lente

an a quelquefois le même son qu'*en*.

ain , ein , in ont le même son.

eau , 'a le même son que *au*

dédain,	dessein,	destin	anneau	naufrage
essaim,	refrein,	mutin	bateau	taupe
grain,	feint,	fin	bedeau	daube
faim,	plein,	vin	caveau	vautour
humain,	serein,	serin	flambeau	baume
pain,	peint,	pin	gâteau	autel
plainte,	teinté,	singe	hameau	mauve
sainte,	feinte,	quinte	morceau	sauce
			pinceau	fauteur
			rouleau	Laudes

aen , ean , ent , aon , se prononcent *an* ; ils ont le même son dans

Caen , Jean , dent , paon , faon , Laon.
excepté :
taon et tatonner.

---

b se prononce *s* et *k*.

EXEMPLES.

façade	arcade	maçon	Mâcon
glaçon	balcon	forçat	placard
Provençale	cascade	conçu	vaincu
rançon	flacon	rinçures	rancune
garçon	gascon		

s final

c final ne se prononce point devant une consonne.	*c* final se prononce devant une voyelle.
EXEMPLES.	**EXEMPLES.**
blanc raisin	du blanc au noir
clerc novice	de clerc à maître
franc fripon	franc étourdi
porc frais	porc épic
marc d'or	Marc Antoine

c se prononce à la fin de plusieurs mots.	*c* ne se prononce point lorsqu'il est suivi d'une consonne. Il faut écrire,
EXEMPLES.	
almanac ammoniac	un estoma plein
estomac tabac	du taba d'Espagne
aspect avec	mais il faut prononcer.
aspic syndic	
baroc estoc	estomac plein
musc Turc	tabac d'Espagne.

ch se prononce *che* et *ke*.	*chr* se prononce *kre*.
EXEMPLES.	**EXEMPLES.**
change archange	chrétien
charité eucharistie	saint chrême
afficheur chœur	chrétiennement
échope chorographie	Christophe
chocolat chorus	christianisme
choc écho	chronique
chute catéchumène	chronographe
chymie	chronologie
chuchotter	chrysalide
Chinois	
écharpe	

G

c prononce comme g.

EXEMPLES.

On écrit.	On prononce.
Claude	Glande
cicogne	cigogne
second	segond
secondement	segondement
seconder	segonder
secret	segret
secrétaire	segrétaire
secrétariat	segrétariat

----

d se prononce *t* à la fin des mots, lorsqu'il est suivi d'une voyelle ou d'une *h* non aspirée.

EXEMPLES.

On écrit.	On prononce.
grand apôtre	grant apôtre
grand écrivain	grant écrivain
grand homme	gvant homme
second hymenée	secont hymenée
second article	secont article
quand il boit	quant il boit
quand on veut	quant on veut
vend-il ?	vent-il ?
vend-elle ?	vent-elle ?
vend-on ?	vent-on ?
se défend-il ?	se défent-il ?
perd elle ?	pert-elle ?

On supprime le *d* dans le mot *pied*. On dit *mettre pié à terre*, et non *piét à terre*.

e est ouvert dans tous les monosyllabes terminés par un *s*.

Il faut prononcer.

ces , des , les , mès , sès , tès ,

comme s'il y avoit l'accent

cés , dès , lès , mès , sès , tès ,

Il y a une exception pour le discours familier , on le prononce fermé , comme s'il y avoit l'accent aigu.

on écrit.	on prononce.
ces livres	cés livres
des hommes	dés hommes
les femmes	lés femmes
mes gens	més gens
ses habits	sés habits
tes meubles	tés meubles

eu se prononce comme u

on écrit.	on prononce.
Eustache	Ustache
à jeun	à jun

e est encore ouvert devant quelques consonnes.

appel	j'appelle
bel	belle
cartel	il écartelle
chancel	il chancelle
hydromel	hirondelle
nouvel	nouvelle
amer	cancer
enfer	Jupiter
hier, fier, mer , etc.	

e est fermé devant une consonne dans les mots suivants.

on écrit.	on prononce.
amandier	amandié
barbier	barbié
cordelier	cordelié
damier	damié
jardinier	jardinié
ouvrier	ouvrié
patissier	patissié
savetier	savetié

gm se prononce gue me *dans plusieurs mots.*

on écrit.	on prononce.
stigmates	sti gue ma tes
augmenter	au gue men ter
diaphragme	dia phra gue me
énigmatique	é ni gue ma ti que

G 2

gn se prononce *gue-ne* dans quelques mots.

on écrit.	on prononce.
inexpugnable	in ex pu gue na ble
magnétique	ma gue né ti que
gnôme	gue nô me

gn se prononce quelquefois simplement *n.*

on écrit.	on prononce.
assignation	assination
assigner	assiner
magnifique	manifique
signer	siner.

on écrit.	on prononce.
incognito	inconito,

comme dans

égargue, épagneul.

---

h aspirée.	h non aspirée.	h ne se prononce point quand elle est après une consonne.
On prononce l'h dans les mots suivants.	On ne prononce point l'h dans les mots suivants.	

h aspirée.	h non aspirée.	on écrit	on prononce
hache	habit	l'heure	leure
haro	habile	l'histoire	listoire
héros	héroïne	l'honneur	lonneur
hibou	histoire	l'humeur	lumeur
hotte	hôte	théologie	téologie
hûre	heure	adhérer	adérer
housse	horloge	rhéteur	réteur
hautbois	hôpital	Rhin	Rin
houlette	hôtel	Rhône	Rône
Hollande	hostilité	rhubarbe	rubarbe
huguenot	humanité	rhume	rume

Une *l* simple ou *ll* précédés de la voyelle *i*, ont un son liquide ou mouillé.

ail	aille	eil	ille
bail	bataille	appareil	abeille
cail	canaille	conseil	corbeille
corail	écaille	orgueil	groseille
détail	futaille	orteil	tréille
émail	grisaille	pareil	pareille
gaillard	limaille	réveil	merveille
mail	muraille	sommeil	sommeille
portail	paille	soleil	oseille
sérail	tenaille	vermeil	vermeille
vieillard	Versailles	vieil	vieille

il	ille	ouil ouille	euil euille
Avril	aiguille	fenouil	Auteuil
chenil	cheville	andouille	Argenteuil
gril	étrille	verouil	Arcueil
fournil	famille	bredouille	cerfeuil
mil *graine*	mandille	citrouille	Choiseuil
nombril	quille	dépouille	écureuil
péril	pointille	gazouille	fauteuil
persil	quadrille	grenouille	feuille
sillon		farfouille	seuil
		gargouille	veuille
		patrouille	
		rouille	
		souillure	

exception.

Gille	ville
mil *nombre*	mille
subtil	subtile

m se prononce quelquefois *n.*

EXEMPLES.

on écrit	on prononce
Ambassade	Anbassade
bombarder	bonbarder
compter	conter
combien	conbien
damnation	dannation
emmener	enmener
exempter	exenpter
importun	inportun
nombre	nonbre
ombrage	onbrage
pompeux	poupeux
prompt	pronpt
Samson	Sanson

m se prononce dans les mots suivants.

Amsterdam	immobile
amnistie	infamie
calomnie	présomptif
exemption	somptueux
hymne	somnambule
indemnité	symptôme
immédiat	immense

n à la fin des monosyllabes se joint touj. à la voyelle suivante, et à l'*h* non aspirée.

EXEMPLES.

on écrit	on prononce
bien adroit	bien n'adroit
bien instruit	bien n'instruit
bien ombragé	bien n'ombragé
bien utile	bien n'utile
bien habile	bien n'habile
bien heureux	bien n'heureux
bien historié	bien n'historié
bien honnête	bien n'honnête
bien humide	bien n'humide
on avance	on n'avance
l'on instruit	l'on n'instruit
bon enfant	bon n'enfant
mon ouvrage	mon n'ouvrage
rien en tout	rien n'en tout
son ami	son n'ami
ton habit	ton n'habit
ton honneur	ton n'honneur

oi se prononce *oi* et *ai*. | *ph* se prononce *f*.

EXEMPLES.

avoir	avoit	Phaëton
boire	buvoit	alpha
croisée	chantoit	Pharaon
devoir	devoit	asphalte
exploit	contemploit	pharmacie
foire	foible	emphâse
gloire	Anglois	phrase
histoire	j'étois	emphatique
mâchoire	mâchoit	Phébus
noire	connoît	prophète
poire	coupoit	phénomene
roitelet	roide	prophétique
soirée	pensoit	Amphion
toison	comptoit	philtre
voirie	liroit	amphibie
Chinois	connois	géographie
Danois	Charolois	philosophie
S. François	François	physique
Gaulois	Bordelois	métaphore
l'Artois	Ecossois	phosphore
Génois	Hollandois	
Siamois	Bourbonnois	

Il n'y a que l'usage qui apprenne cette différence.

pt se prononce aussi *ps.*

EXEMPLES.

aptitude   nuptial
adoptif   adoption
corruptible corruption
Egypte   Égyptien
inepte   ineptie
présomptif présomption
optique   option
obreptice   obreption
souscripteur souscription
subreptice subreption

pt se prononce quelque-
fois simplement *t.*

EXEMPLES.

on écrit   on prononce

Apt *ville* At
baptême   batême
compte   conte
ptisane   tisane
présomptif présomtif
somptueux   somtueux
sept   set
septieme   setieme
symptômes   symtôme
sculpteur   sculteur
sculpture   sculture

p se prononce à la fin des monosyllabes avant une voyelle
ou une *h* aspirée.

EXEMPLES.

trop aimable   trop habile
trop étourdi   trop héroïque
trop insolent trop historié
trop opulent   trop honorable
trop utile   trop humain

p ne se prononce pas avant
une consonne ou une *h* aspirée.

trop badin   trop hardi
trop délicat trop hérissé
trop difficile trop hideux
trop colere   trop honteux
trop durement trop hupé

On ne prononce point le *p* dans
le mot *loup.*

—————————————

q se prononce à la fin des mots
cinq et *coq*, lorsqu'ils sont
avant une voyelle ou une *h*
aspirée.

cinq amandes un coq étranger
cinq hommes un coq irrité

q ne se prononce point devant
une consonne.

on écrit   on prononce

cinq figues   cin figues
cinq pommes   cin pommes
un coq d'inde un co d'inde

qua se prononce dans les mots suivants.

on écrit	on prononce
aquatique	acouatique
équateur	écouateur
équation	écouation
quadragénaire	couadragénaire
quadrangulaire	couadrangulaire
quadragésime	couadragésime
quadrature	couadrature
quadrupede	couadrupede
des in-quarto	des in-couarto

quinqua se prononce _cuincoua_ dans les mots suivants.

on écrit	on prononce
quinquagénaire	cuincouagénaire
quinquagésime	cuincouagésime
quinconce	cuinconce
Quintilien	Cuintilién
Quinte-curce	Cuinte-curce
équestre	écuestre
questeur	cuester

_r_ se prononce doucement à la fin des mots, lorsqu'il suit une voyelle ou un _h_ non aspirée.

aimer ardemment
servir efficacement
parler incognito
parler obligeamment
se présenter humblement
arriver heureusement
se retirer honnêtement

_r_ ne se prononce point lorsqu'il est suivi d'une consonne ou d'un _h_ aspirée.

On prononce dans r.

aimer tendrement
servir proprement
partir secretement
parler facilement
se présenter hardiment
publier hautement
se retirer honteusement

deux _ss_ entre deux voyelles se prononcent toutes deux	_s_ entre deux voyelles a le son d'un _z_.	_s_ se prononce _z_ à la fin des mots lorsqu'il suit une voyelle ou une _h_ aspirée.	
basse	bâse	bons amis	exception pour le discours familier où l'on dit sans _s_.
bassin	bâsin	grands ennemis	
boisseau	oiseau	gros intérêts	
buisson	oison	petits obstacles	
casser	causer	anciens usages	sages et vertueux
chausse	chose	longues habitudes	belles et bonnes
coussin	cousin	premiers honneurs	bonnes à manger
écrevisse	église		douces au goût
massue	mâsure	après eux	_comme s'il y avoit,_
moisson	maison	mes ouvragee	sage et vertueux
poisson	poison	tes officiers	belle et bonne
rosse	rose	les affronts	bonne à manger
ruisseau	roseau	leurs amis	douce au goût
tasse	extâse	les ennemis	_s_ se prononce toujours à la fin des mots.
vassal	vâse	nos enfants	
		bonnes affaires	
il faut excepter.		tes offres	
		tes appas	
châsse	Asdrubal	tous ensemble	Agnus
ressusciter	disgracé		Bacchus
préséance	presbytere	très-éloquent	Bolus
pressentir	transiger	très-honnête	Cadmus
pressentiment	transaction	vous et moi	Crésus
	transition	ils iront	Darius
	Tisbé	elles en sont	Danaïs
	transvâser		Iris , Mars
			Momus
			Phalaris
			Pirothoüs
			Romulus
			Semiramis

sc se prononce sq dans les mots suivants.

scaramouche
scapulaire
Scamandre
scandale
scarification
Scaron
scribe
Scot
scorbut
scorpion
sculpteur
scrupule
scrutin

sc se prononce sç dans les mots suivants.

sçavant
sçavoir
scélérat
scene
sceptre
sceau
scier
science
sciure
scion
faisceaux

on écrit

schisme

on prononce

chisme

t se prononce à la fin des mots, lorsqu'il suit une voyelle ou une h non aspirée.

EXEMPLES.

fort aimable
fort entier
tout entier
cent hommes
petit ignorant
savant écrivain
savant homme

t ne se prononce point, lorsqu'il suit une consonne ou une h aspirée.

EXEMPLES.

fort content
fort honteux
tout nouveau
tout hors d'haleine
petit faquin

il faut aussi dire sans t.
un fort imprenable
un enfant instruit
un port à couvert
savant et poli, etc.

tia se prononce aussi sia

EXEMPLES.

Astianax Abbatial
bestial initial
bestialité Martial
tiâre nuptial

Quelquefois t ne se prononce
point à la fin des mots.

EXEMPLES.

avant
aspect | aspect agréable
district | district étendu
instinct | instinct admirable
respect | respect infini
suspect | suspect en tout

tie se prononce aussi *sie*. | *tieux* se pro-nonce tou-jours *sieux*. | *tien* se prononce toujours *tien*.

EXEMPLES.

amnistie aristocratie
amitié balbutier
amortie démocratie
hostie essentiel
moitié ineptie
ortie initier
partie minutie
rôtie prophétie

EXEMPLES

ambitieux chrétien
captieux entretien
facétieux maintien
factieux soutien
séditieux

à l'exception des deux mots.

Capétien
Egyptien

tio se prononce aussi *sio*.

EXEMPLES

bastion action
combustion collation
gestion faction
question nation

---

u forme un son séparé de l'i dans les mots suivants :

Ambiguité, aiguille, aiguiser, appui, autrui, aujourd'hui, buisson, conduire, cuivre, fluide, Guise, instruire, luire, muids, nuire, puise, ruine, suivre, suicide, traduire, etc.

l'u se confond avec l'i dans les mots suivants :

anguille, béguine, béquille, bourguignon, déguiser, figuier, guide, guider, Guillaume, guillemet, guise, sanguinaire, vuide, vuider, etc.

x se

x se prononce es dans les mots suivants	x a le son de deux ss dans les mots suivants :	x a le son du z dans les mots suivants.	z rend fermé l'e qui le précède dans les mots. suiv.
Alexandre	Auxerre		allez-y
Alexis	Bruxelles	on écrit on prononce	venez-y
axiome		sixain sizain	
auxiliaire	et le son d'une e dans les mots suiv.	sixieme siziéme	z rend ouvert l'e qui le précede dans les mots suiv.
fixer		dixain diziéme	
taxer		beaux yeux	
	Xaintonge	officieux ami	
x se prononce gz dans les mots suiv.	soixante		
		généreux enne- mis	Sanchez
examen		précieux office	Rodriguez
exemple			
exiler			
exhorde			
exhumer			

y a le son de deux ii entre deux voyelles	y n'a que le son d'un i entre deux consonnes.	lorsqu'une voyelle a deux points elle doit être être prononcée séparément de celle qui la précède.
aboyer	amygdales	E X E M P L E S.
Bayonne	collyre	athéïsme poëte
bégayer	diachylon	Caën Pirithoüs
crayonner	hydropisie	déïste Raphaël
employer	lymphe	haïr Saül
fayancier	olympe	Judaïque stoïcien
larmoyer	physique	laïque
moyen	sympathie	Moïse
noyer	symptômes	naïf
payer		ıpaïs,
rayonner		

H

INSTRUCTION

Pour les personnes qui enseignent à lire.

POUR mieux faire connoître aux enfants les voyelles longues et celles qui sont breves, il faut enfin leur mettre sous les yeux un petit extrait du traité qu'en a fait M. l'Abbé d'Olivet. C'est un ouvrage neuf et précieux, qui devroit être entre les mains de tous ceux qui ont le goût de notre langue.

M. l'Abbé d'Olivet divise les voyelles en longues, breves et douteuses ; mais pour ne point embarrasser les enfants, on ne les divise ici qu'en longues et breves.

PROSODIE FRANÇOISE.

A , *premiere lettre de notre alphabet*, long.
Un petit a ,
un grand A ,
une panse d'a (*) ,
il ne sait ni a ni b.

A , long, *dans* âcre,
âge, agnus, ame,
âne, anus, âpre, etc.

ABE, long *dans* Arabe,
astrobale.

ABLE, long *dans* cable,
diable , érable , fable, rable, sable, on accable, il hable.

ABRE , toujours long ,
cinabre, sabre, il se cabre, délabrer, se cabrer.

ACE, long *dans* espace, grace, on lace, on delace, on entrelace.

A *préposition et verbe*,
est bref.
Je suis à Paris,
j'écris à Rome,
il a été ,
il a parlé.

A , bref *dans* Apôtre,
apprendre , altéré ,
il chanta , etc.

ABE , bref *dans* syllabe,
syllabaire.

ABLE, bref *dans* aimable, capable, durable, raisonnable, table, étable.

AC , toujours bref, almanac, bac, sac, estomac, tillac.
les pluriels toujours longs.

ACE , bref *dans* audace , glace, préface , tenace, vorace, place.

(*) *Panse* veut dire *ventre*, et signifie la partie de la lettre qui avance.

H 2

M. Despréaux ne connoissoit point sans do ute
cette délicatesse, lorsqu'il a fait rimer *préfa ce*
avec *grace* ;

    Un auteur à genoux dans une humble Préface
    Au lecteur qu'il ennuie a beau demander grace

ACHE, long *dans* lâ-che, gâche, tâche, se fâcher, mâcher, relâcher, etc.

ACLE, toujours long, racler, oracle, miracle, obstacle, spectacle, tabernacle.

ACRE, long *dans* âcre, *piquant*, sacre, oiseau.

ADRE, long *dans* cadre, escadre, quadrer, encadrer, madré.

AFLE, long *dans* rafle, je rafle, rafler, érafler.

AGE, long *dans* âge.

ACHE, bref *dans* tache, moustache, vache, Eustache, il se cache, etc.

ACRE, bref *dans* acre, *de terre*, diacre, nacre, sacre *du Roi*.

ADE, toujours bref, aubade, cascade, fade, sérenade, il persuade, etc.

ADRE, bref *dans* ladre.

AFFE, APHE, AFFRE, toujours brefs : carafe, épitaphe, agraffe, balaffre, etc.

AGE, bref *dans* rage, page.

AGNE , long *dans* je gagne , gagner.

AGNE , bref *dans* campagne , Ascagne.

AGUE , bref *dans* bague , dague , vague , extravaguer, etc.

AIGNE , toujours bref, châtaigne , baigner , daigne , seigner.

AIGRE , long *dans* maigre , maigreur.

AIGRE , bref *dans* maigre , vinaigre.

AIL , bref *dans* bercail , bétail , éventail , etc. *Les pluriels longs.*

AILLE , long *dans* bataille , caille , maille , railler, rimailler, etc.

AILLE , bref *dans* médaillé , émailler , travailler , *et aux indicatifs* ; je détaille , j'émaille , je bataille.

AILLET et AILLIR toujours brefs : maillet , paillet , jaillir , assaillir.

AILLON , long *dans* baillon , haillon , penaillon , nous taillons.

AILLON bref *dans* bataillon , médaillon , émaillons, détaillons, travaillons , etc.

AINE , long *dans* chaîne , haîne , gaîne , je traîne ,

AINE , bref *dans* fontaine , plaine , capitaine , hautaine , souveraine.

AIR , bref , *dans* l'air , chair , éclair , pair.

H 3

AIRE, long *dans* une aire, chaire, une paire, il éclaire.

AIS, AISE, AISSE, toujours longs : palais, plaise, caisse, qu'il paisse.

AIT, AITE, longs *dans* il plaît, il naît, il paît, faîte, attrait, parfait, etc.

AIT, AITÉ, bref *dans* attrait, il fait, lait, parfait, parfaite, retraite.

ALE, long *dans* hâle, pâle, mâle, râle, râler, hâlé, paleur, etc.

AL, ALE, ALLE, bref *dans* royal, bal, moral, cigale, malle, scandale, etc.

AME, AMME, longs *dans* ame, infâme, blâme, flamme, nous aimâmes, nous chantâmes, *et tous les prétérits en* âmes.

AME, AMME, brefs *dans* dame, épigramme, estame, rame, enflammer, j'enflamme, etc.

ANE, ANNE, AMNE, longs *dans* crâne, les mânes, de la manne, damner, condamner.

ANE, ANNE, brefs *dans* cabane, organe, organiste, panne, pannetier.

APE, long *dans* râpe, râpé, raper.

APE, APPE, brefs *dans* Pape, frappe, frapper, sappe, sapper.

ARE, ARRE, longs *dans* avare, barbare, barre, bisarre, je m'égare, tiare, barreau, barriere, larron, carrosse, carriere.

ARE, ARRE, brefs *dans* avarice, barbarie, je m'égarois, amarrer, etc.

AVE ; long *dans* conclave, entrave, grave, je pave, etc.

AV , AVE , brefs *dans* conclaviste, gravier, aggraver, paveur, etc.

Ecs , long *dans* les Grecs, les échecs.

Ec , bref *dans* sec , Grec , échec.

EBLE, EBRE, ECE, brefs *dans* hieble, funebre, niece, piece.

ECHE , long *dans* bêche, lèche, griêche, revêche, pêche, *fruit ou l'action de prendre le poisson.*

ECHE , bref *dans* caleche , fleche , flameche , seche , breche , péché, pécher.

ECLE , EDE , EDER , brefs *dans* siecle, tiede , remede , céder , posséder , etc.

ÉE , toujours long *à la fin des mots* pensée, aimée ; *et ainsi des autres voyelles suivies d'un e muet*, lie , jolie , nue , etc.

EF , EFFE , longs *dans* chef, bref, greffe , etc.

EF , EFFE , brefs *dans* chef , bref , effet, etc.

EFLE, long *dans* nefle.

EFFLE, bref *dans* treffle.

EGE , long *dans* collége, sacrilége, siége, etc.

EGE , EGLE , EIGLE , brefs *dans* léger , regle , seigle , etc.

EGNE, long *dans* regne, douègne, etc.

EGNE, EIGNE, brefs *dans* impregne, peigne, enseigne, qu'il freigne.

EGRE, EGUE, brefs *dans* alléguer, begue, collégue, integre, negre, etc.

EIL, EILLE, longs *dans* viel, vieillard, vieillesse.

EIL, EILLE, brefs *dans* soleil, abeille, sommeille, etc.

EIN EINT, longs au *pluriel* : dépeints, dessein, serins,

EIN, EINT, brefs *dans* atteint, dépeint, dessein, serein, etc.

EINE, long *dans* reine.

EINE, presque bref *dans* peine, veine.

EINTE, toujours long, atteinte, dépeinte, feinte, etc.

EITRE, long *dans* reître.

ELE, ELLE, longs *dans* zele, poêle, frêle, pêle mêle, il grêle, il se fêle, parallele.

ELE, ELLE, brefs *dans* modele, fidele, immortelle, rebelle, etc.

EM, EN, long *dans* temple, exemple, gendre, prendre, cimenter, tenter.

EM, EN, brefs *lorsque la consonne est redoublée comme dans* emmener, ennemi, etc. *et à la fin des mots* item, amen, examen, hymen, Bethléem.

EME , long *dans* apose-me , baptême , chrê-me , diadême·

EME , bref *dans* je se-me , tu semes ; il se-me , etc.

ENE , ENNE longs *dans* alene , chêne , sce-ne , gêne , frêne , Athenes , antennes.

ENE, ENNE , brefs *dans* qu'il apprenne, étren-ne, phénomene, qu'il prenne, etc.

EPE , EPPE , longs *dans* crêpe, guêpe, vêpres.

EPRE , bref *dans* lepre, lépreux , etc.

EPTE, EPTRE, toujours brefs : il accepte , sceptre, spectre, pré-cepte.

EQUE , long *dans* Evê-que , Archevêque.

EQUE , ECQUE , brefs *dans* Grecques , bi-bliotheque, obseques.

ER , long *dans* amer , enfer, hiver , verd , léger , etc.

ER , bref *dans* Jupiter, Esther , *et dans les infinitifs*, louer, man-ger , etc.

ERC , bref *dans* clerc , etc.

ERE , ERR , longs *dans* chimere , pere , il erre , il espere , sin-cere, perruque, nous verrons.

ERE , ERR , brefs *dans* chimérique, espérer, sincérité, erreur, er-roné , errata , etc.

ESE , long *dans* il pese.

ESE, bref *dans* pese-t-il.

ESSE , long *dans* ab-besse, professe, com-presse, on me presse, expresse, cesse, lesse.

ESSE , bref *dans* cares-se , paresse, tendres-se , adresse , etc.

ESTE , ESTRE , brefs *dans* modeste, leste, terrestre.

ET, EST, longs *dans* arrêt, bênet, forêt, gênet, prêt, acquêt, apprêt, intérêt, têt, protêt, il est, etc. *et dans les pluriels.*

ET , bref *dans* cadet, bidet, sujet, hochet, marmouzet, etc.

ETE, long *dans* bête, fête, honnête, boëte, tempête, quêté, arrêté, etc.

ETE , bref *dans* Prophète, poëte, comète, tablette.

ETRE , long *dans* être, ancêtre, salpêtre, fenêtre, prêtre, hêtre, champêtre, guêtre, je me dépêtre.

ETRE , ETTRE , brefs *dans* diamètre, il pénetre, lettre, mettre, etc.

EULE, long *dans* meule, veule, etc.

EULE , bref *dans* seule, guele, etc.

EUNE, long *dans* jeûne, abstinence.

EUNE , bref *dans* jeune, *en parlant de la jeunesse.*

EURE, long *dans* cette *fille est* majeure, *j'attends depuis une* heure.

EURE, bref *dans* la majeure *part, une* heure *entiere.*

EVRE, long *dans* orphevre, levre, chevre, lievre.

EVR, EVRE, brefs *dans* levrette, chevrier, levraut, chevreuil.

IDRE , YDRE , longs *dans* hydre, cidre.

YDRE , bref *dans* hydromel, *et par-tout ailleurs.*

Ie, long *dans* il crie, | Ie, bref *dans* crier,
il prie, vie, saisie. | prier, etc.

Ige, long *dans* tige, | Ige, bref *dans* obliger,
prodige, litige, je | s'affliger, etc.
m'oblige, il s'afflige.

Isle, long *dans* empi- | Isle, bref *par-tout ail-*
re, presqu'isle, etc. | leurs.

Ire, long *dans* empire, | Ire, bref *dans* soupi-
cire, écrire, il sou- | rer, desirer, etc.
pire, il désire.

Ite, Itre, longs *dans* | Ite, Itre, brefs *dans*
bénite, gîte, régî- | bénitier, réitérer,
tre, vîte, etc. | titre, arbitre, etc.

Ive, Ivre, longs *dans* | Ive, Ivre, brefs *dans*
tardive, captive, Jui- | captiver, captivité,
ve, vivre, ivre, etc. | ivresse, etc.

O, long *dans* oser, | O, bref *par-tout ailleurs*
osier, ôter, hôte, | *et au commencement*
etc. | *des mots* hôtel, hô-
| tellerie.

Obe, long *dans* globe, | Ob, Obe, brefs *dans*
lobe, etc. | globule, obélisque,
| *et par-tout ailleurs.*

Ode, long *dans* roder, | Ode, bref *dans* mode,
je rode. | antipode.

Ode, long *dans le seul* | Oge, bref *dans* éloge,
mot Doge. | horloge, déroger, *et*
| *par-tout ailleurs.*

Ogne, long *dans* je | Ogne, bref *dans* tro-
rogne. | gne, Bourgogne, *et*
| *par-tout ailleurs.*

OIENT, long au *pluriel*: ils avoient, ils chantoient.

OIT, bref au *singulier*: il avoit, il chantoit.

OIN, long *dans* oint, moins, joindre, pointe.

OIN, bref *dans* loin, besoin, moins, jointure, appointé.

OIR, OIRE, longs *dans* boire, gloire, dortoir, histoire, mémoire.

OIR, OIRE, brefs *dans* espoir, terroir, territoire, écritoire.

OI, toujours long *à la fin d'un mot*; Anglois, bourgeois, François.

OIS, bref *dans* bourgeoisie, foison, foisonner.

OLE, long *dans* drôle, géôle, môle, contrôle, rôle, il enjôle, il enrôle, il vôle, *de* voler *en l'air*.

OL, OLE, OLLE, brefs *dans* géolier, contrôleur, rollet, il vole; (*il dérobe*.)

OM, ON, longs *lorsque l'm ou l'n n'est pas redoublée, comme dans* bombe, coute, monde, etc.

OM, ON, brefs *lorsque l'm ou l'n est redoublée, comme dans* sommeil, connoître, monnoie, je sonnois.

OME, ONE, longs *dans* atôme, axiôme, amazône, prône, aumône, etc.

OMME, ONNE, brefs *lorsque la consonne est redoublée*, somme, pomme, consonne, couronne, etc.

ORE, ORPS, ORS, longs *dans* encore, hors, corps, pécore, je décore.

OR, ORE, brefs *dans* encor, décoré, évaporé, été.

OT, long *dans* dépôt, impôt, prévôt, entrepôt, rôt, tôt.

OT, bref *dans* despote, impotent, dépoté, rôti, prévôtal.

OTE,

OTE, long *dans* côte, côté, hôte, j'ôte, note, maltôte.

OTE, bref *lorsque la consonne est redoublée*, hotte, cotte, *et dans les mots* flotte, note, motet, *etc.*

OIRE, long *avec l'accent circonflexe* : le nôtre ; le vôtre ; Apôtre.

OTRE, bref *lorsqu'il n'a point d'accent* : notre ami, votre affaire.

OUE, OUDRE, longs *dans* poudre, moudre, résoudre, il loue, roue.

OUL, OUDRE, OUÉ, brefs *dans* poudre, moulu, loué, roué, etc.

OUILLE, long *dans* rouille, j'embrouille, il débrouille, etc.

QUILLE, bref *dans* rouillé, brouillon, brouillard, etc.

OURRE, long *dans* de la bourre, il bourre, il fourre, qu'il courre.

OURRE, bref *dans* bourrade, courrier, rembourré, etc.

OUSSE, long *dans* pousser, je pousse, etc.

OUSS, OUSSE, brefs *dans* tousser je tousse, coussin, etc.

OUTE, long *dans* joûte, je goûte, croûte, voûte, il se dégoûte.

OPTE, bref *dans* ajouter, couter, couteau, il doute.

OUTRE, long *dans* coutre, poutre.

OUTRE, bref *dans* outré, outrance, *et partout ailleurs.*

UCHE, long, *dans* bûche, embûche, on débuche, etc.

UCHE, bref *dans* bucher, bucheron, débucher, etc.

I

UE , toujours long ; vue , cohue , tortue , on distribue , etc.

UE , *presque bref dans le seul mot* écuelle.

UGE , long *dans* déluge , réfuse , juge , ils jugent

UGE , bref *dans* juger , réfugier , etc.

ULE long *dans* brûler , je brûle,

ULLE , ULE , brefs *dans* bulle , mule , etc.

UM , UME , UN , longs *dans* humble , j'emprunte , parfums , bruns , nous reçumes , nous ne pûmes , etc.

UM , UME , UN , brefs *dans* humblement , brume , parfumé , brune , pétun , pétune , un , une , dunes , hunes.

URE , long *dans* augure , parjure , on assure , etc.

URE , bref *dans* augurer , parjurer , assurer , etc.

USE , long *dans* excuse , je récuse , muse , ruse , incluse , etc.

USE , bref , *dans* excuser , récuser , refuser , etc.

USSE , long *dans* je pusse , je connusse , ils accourussent , etc.

UCE , bref *dans* aumuce , astuce , puce , etc.

UT , long *dans tous les verbes au subjonctif* , qu'il fût qu'il mourût , *et dans le seul mot* fût *de tonneau* , etc.

UT , bref , *dans tous les verbes à l'indicatif* , il fut , il mourut , *et dans les substantifs* affut , scorbut , etc.

INSTRUCTION

Pour les personnes qui enseignent à lire.

LA page 100 présente un petit tableau de chiffres Romains et Arabes, depuis un jusqu'à mille. Il faut donner de bonne heure ces notions aux enfans pour les initier au calcul et à la numération : ce travail est l'affaire de la main soit au crayon, soit à la plume.

Cette leçon est suivie de l'explication des abréviations qui se rencontrent souvent dans les livres et dans les gazettes. Il ne faut point négliger de les leur faire connoître : on leur épargnera parlà, la mortification de se trouver arrêtés, quand les abréviations se présentent.

I 2

CHIFFRES
ROMAINS ET ARABES.

I	un	1	XXI	vingt-un	21
II	deux	2	XXII	vingt-deux	22
III	trois	3	XXIII	vingt-trois	23
IV	quatre	4	XXIV	vingt-quatre	24
V	cinq	5	XXX	trente	30
VI	six	6	XL	quarante	40
VII	sept	7	L	cinquante	50
VIII	huit	8	LX	soixante	60
IX	neuf	9	LXX	soixante-dix	70
X	dix	10	LXXX	quatre-vingt	80
XI	onze	11	XC	quatre-vingt-dix	90
XII	douze	12	C	cent	100
XIII	treize	13	CXX	cent vingt	120
XIV	quatorze	14	CL	cent cinquante	150
XV	quinze	15	CC	deux cents	200
XVI	seize	16	CCC	trois cents	300
XVII	dix-sept	17	CD	quatre cents	400
XVIII	dix-huit	18	D	cinq cents	500
XIX	dix-neuf	19	DC	six cents	600
XX	vingt	20	M	mille	1000

ABRÉVIATIONS

Qui se rencontrent le plus ordinairement dans les livres, et principalement dans les gazettes.

J. C.	JESUS-CHRIST.
N. S. J. C.	Notre-Seigneur Jesus-Christ.
S. M.	Sa Majesté.
LL. M.	Leurs Majesté , le Roi et la Reine.
V. M.	Votre Majesté , en parlant au Roi.
LL. H. P.	Leurs Hautes Puissances, en parlant de la Hollande ; on dit encore , en parlant d'elle.
L. E. G.	Les Etats-Généraux.
L. P. O.	La Porte Ottomane , ou simplement la Porte. C'est la Cour du Grand Seigneur.
Mgr.	Monseigneur.
Mad.	Madame.
Mesd.	Mesdames.
Mlle.	Mademoiselle.
N. D.	Notre-Dame, la Ste. Vierge.

I 3

Le P. R.   Le Prince Royal, le fils aîné
du Roi de Suede, et celui
du Roi de Prusse.

La R. P. R. La Religion Prétendue Ré-
formée.

S. A.   Son Altesse.   } C'est le titre des
V. A.   Votre Altesse. } Princes et Princesses du Sang.

S. A. Elect. Son Altesse Electorale. C'est
le titre des Princes Elec-
teurs de l'Empire.

S. A. Em. Son Altesse Eminentissime,
en parlant d'un Cardinal.

S. A. R.   Son Altesse Royale. C'est le
titre des Princes et des
Princesses du Sang.
Nota. C'est aussi le titre des
Electeurs qui sont Rois,
quand on n'en parle que
comme Electeurs.

S. A. S.   Son Altesse Sérénissime.
V. A. S.   Votre Altesse Sérénissime, en
en parlant aux Princes.

S. Em.   Son Eminence.   } En parlant
V. Em.   Votre Eminence. } d'un, ou à un
Cardinal.

S. Exc.   Son Excellence.   } En parlant aux
V. Exc.   Votre Excellence. } Amb. et Pléni-
potentiaires.

S. G.   Sa Grandeur.

V. G.   Votre Grandeur.

S. H.   Sa Hautesse, en parlant de l'Empereur des Turcs.

S. M. B.   Sa Majesté Britannique, le Roi d'Angleterre.

S. M. C.   Sa Majesté Catholique, le Roi d'Espagne.

S. M. D.   Sa Majesté Danoise, le Roi de Danemarck.

S. M. Imp. Sa Majesté Impériale, l'Empereur.

S. M. Nap. Sa Majesté Napolitaine, le Roi de Naples.

S. M. Pol. Sa Majesté Polonoise, le Roi de Pologne.

S. M. Port. Sa Majesté Portugaise, le Roi de Portugal.

S. M. Pr.   Sa Majesté Prussienne, le Roi de Prusse.

S. M. Suéd. Sa Majesté Suédoise, le Roi de Suede.

S. S.   Sa Sainteté, le Pape.

V. S.   Votre Sainteté, en lui parlant.

Le S. P.   Le Saint Pere, en parlant du Pape.

V. G. Votre Grandeur , en parlant aux Archevêques , Evêques , Ministres , Ducs , Généraux d'Armée.

Don *ou* **Dom** Mot Espagnol , qui signifie *Monsieur* : On donne ce titre aux Bénédictins, Chartreux , Bernardins, et Barnabites.

Le T. R. P. Le Très-Révérend Père , ou le Révérendissime Pere : On donne ce titre aux Religieux distingués dans leur ordre.

La R. M. La Révérende Mere : On donne ce titre aux Religieuses ; elles se le donnent elles-mêmes entr'elles.

Fin de la première Partie.

LES
VRAIS PRINCIPES
DE LA LECTURE,
DE L'ORTHOGRAPHE
ET
DE LA PRONONCIATION
FRANÇOISE.

~~~~~~~~~~~~~~~~~~~~~~~

SECONDE PARTIE.

~~~~~~~~~~~~~~~~~~~~~~~

INSTRUCTION
Pour les personnes qui enseignent à lire.

ON a renfermé dans la premiere
Partie des VRAIS PRINCIPES DE
LA LECTURE tout ce qui regarde
la prononciation de la langue françoise : on s'est attaché dans cette
seconde partie, à donner aux jeunes personnes une idée de nos

connoissances. Les pages suivantes contiennent une suite de piece de lecture sur différents mots rangés suivant l'ordre alphabétique. On n'a eu d'autre objet que de donner aux enfants de simples notions relatives aux arts, aux sciences, à la religion, à la guerre, au commerce, et généralement à tout ce dont il est nécessaire et agréable d'avoir quelques idées nettes et précises.

Il seroit important, pour un enfant, que son maître s'arrêtât avec lui à considérer chacun de ces différents objets, et à les retourner, pour ainsi dire, sous ses yeux, ce sont autant de germes qui, jettés adroitement dans l'esprit, sont bien propres à l'enrichir, et à lui donner de la fécondité.

PETITES PIECES DE LECTURE.

L'Agriculture.

ON pourroit absolument se passer de certaines connoissances, qu'on ne recherche que pour l'ornement de l'esprit, mais l'agriculture en est une nécessaire ; puisqu'elle enseigne à faire produire à la terre, les grains, les fruits, et les légumes. C'est aussi par les soins de l'agriculture que nous avons des arbres assez forts pour construire des maisons, et pour d'autres usages.

L'Algebre.

On trouve dans l'Algebre une façon de calculer plus prompte et plus étendue encore que dans l'arithmétique ; mais l'Algebre est une science qui paroît si difficile, qu'on dit communémeut de quelque chose qu'on a de la peine à comprendre : c'est de l'Algebre.

L'Anatomie.

Le corps humain est composé de tant de parties, qu'il faut une longue étude pour les connoître, et une grande expérience pour savoir quelles sont leurs fonctions. L'Anatomie qui donne cette connoissance a plusieurs divisions, dont la principale est l'ostéologie, qui enseigne à l'Anatomiste à distinguer les différentes propriétés des os.

L'Arithmétique.

On peut dire que l'Arithmétique ou l'art de chiffrer est une des plus utiles sciences. C'est en suivant ses principes qu'on compte avec certitude, et qu'on suppute d'un trait de plume les nombres les plus divisés. Les caractères qu'on emploie pour compter, sont de deux espèces. Le chiffre arabe dont on se sert communément, et le chiffre romain ou chiffre de finance. Tel est celui qui marque l'heure sur nos cadrans.

L'Architecture.

Si l'on veut bâtir solidement une maison, la rendre commode, et l'orner avec goût, il faut se rendre familieres les regles de l'Architecture. Les Architectes, avant que de commencer un bâtiment, en tracent sur le papier les plans et les élévations.

On appelle Architecture civile, l'art de construire les maisons, comme on

appelle

appelle Architecture militaire, l'art de fortifier les places. Les ouvriers employés aux bâtimens, travaillent sous les ordres de l'Architecte.

Les Arts et Métiers.

On nomme Arts et Métiers ce qui fait l'occupation des artisans et des ouvriers. Il y a peu de ces métiers qui ne tiennent aux mathématiques, ou à quelque autre science. Les manufactures sont des maisons où l'on rassemble plusieurs ouvriers pour la même entreprise. Telles sont les manufactures de glaces, de fer-blanc, de verres, de draps, de tapisserie, etc.

L'Artilerie.

On ne sauroit s'emparer d'une place forte sans le secours du canon, des bombes, des grenades, et des autres machines de guerre qui sont en usage pour détruire les remparts, et brûler les villes qui font résistance.

On comprend dans l'Artillerie l'art de construire ces machines, et la perfection des différentes manœuvres qu'on emploie pour s'en servir avec succès.

K

L'Astronomie.

Les Astres ont une grandeur determinée , dont les Astronomes rendent un compte exact, et ils connoissent si bien la distance et le cours de ces astres , qu'ils annoncent un éclipse qui ne doit paroître que dans cent ans , dans mille ans.

Le progrès que l'on fait dans l'étude de la sphere , sert beaucoup à l'intelligence de l'astronomie.

L'Astrologie.

Plus on a d'admiration pour la certitude de l'astronomie , plus on a de mépris pour la fausseté de l'astrologie judiciaire. Les Astrologues prétendent lire dans les Astres le bonheur ou le malheur de ceux qui ont la foiblesse de les consulter ; mais toutes les sciences qui ont la divination pour objet , telles que la chiromancie , la négromancie , la cabale, et quelques autres encore, sont des sciences que les gens sensés ne connoissent que pour en faire sentir le ridicule.

Les Belles-Lettres.

Connoître les Auteurs qui ont écrit en prose ou en vers , dans quelque langue que ce soit , c'est savoir les Belles-Lettres. On donne le titre d'hommes lettrés à ceux qui ont lu avec réflexion, et qui ont retenu ce qu'il y a de meilleur dans les livres. Rien ne fait tant d'honneur que d'être en état de citer à propos quelques vers ou quelques phrases d'un Auteur.

C'est ce qu'on appelle avoir de l'érudition.

Le Blason.

Chaque Royaume, chaque ville, chaque communauté, chaque famille, a une marque particuliere qu'on grave, qu'on brode ou qu'on peint sur ce qui leur appartient ; ces marques sont connues sous le nom d'armes ou d'armoiries.

L'art héraldique ou le blason, apprend à nommer en termes propres ou particuliers toutes les parties qui composent ces armoiries. Pour blasonner les armes de France, par exemple, on disoit qu'elles étoient *d'azur, à trois fleurs de lys d'or.*

La Botanique.

Une partie des plus essentielles de l'agriculture, et la plus utile à la médecine, c'est sans contredit la Botanique.

Nous connoissons environ 6,000 plantes. Un Botaniste doit en distinguer

K 2

noms et les especes, et doit sur-tout savoir quel est l'usage de chacune de ces
plantes.

La Botanique s'appelle aussi la connoissance des simples.

La Chymie

Les trois regnes de l'histoire naturelle
font l'ocupation de la Chymie. Elle dis-
tille les plantes, pour en séparer le
pur et l'impur ; elle travaille les métaux
pour les rendre plus parfaits. Différentes
parties des animaux sont aussi mise en
œuvre par les Chymistes. Les opérations
qui ne tendent qu'à la composition des
médicamens, appartiennent à la phar-
macie, qu'on appelle aussi apothicaire-
rie et pharmacopée.

La Chirurgie.

Un Chirurgien doit avoir une connoissance parfaite de l'anatomie, pour répa-
rer les accidents qui peuvent arriver à
chaque partie du corps ; il panse des
plaies ; il redresse et rétablit les membres offensés ou rompus. Toutes les opérations, enfin, qu'on est obligé de faire
sur le corps humain, sont enseignées
par la Chirurgie.

Le Commerce.

Sans le commerce, nous manquerions d'un grand nombre de chose qui viennent des Pays étrangers ; les étrangers manqueroient aussi de tout ce qn'ils tirent de chez nous.

Acheter des étoffes, des meubles, des denrées de tous les pays , et dans toutes les villes du monde, envoyer dans ces pays et dans ces villes , des marchandises pour y gagner, c'est faire le commerce ; c'est être dans le négoce. Les Banquiers commercent aussi en argent , par le moyen des lettres de change.

La Critique.

Il semble qu'il soit aisé de critiquer les actions, ou les ouvrages qui méritent de l'être, et rien ne demande plus d'art et de ménagement pour le faire , de façon que ceux même qui sont critiqués , ne puissent s'en plaindre.

La critique est de tous les talens le plus dangereux ; et l'on ne peut en éviter les inconvénients , qu'en l'accompagnant de toute la politesse possible.

La Chronologie.

Les événements dont parle l'histoire,

K 3

sont arrivés dans des temps différents, qu'il est important de retenir pour ne pas les confondre. L'exactitude dans les citations qu'on fait de ces temps, se nomme Chronologie.

Un chronologiste sait dans quel temps la ville de Rome a été bâtie; en quelle année Jesus-Christ est mort; quel jour Louis XV fut sacré roi de France; et généralement les dates précises de chaque trait d'histoire.

La Danse.

Tout le monde connoît la danse; on sçait que c'est l'art de former, au son des instruments, différents pas, qui doivent toujours conserver les graces de la belle nature.

Mais bien des gens ignorent que la chorégraphie apprend à tracer et à distinguer sur le papier, les différentes figures de toutes sortes de danses et de ballets les plus composés.

Le Dessin.

Nous connoissons peu d'arts qui puissent se passer du dessin. Tracer au crayon la vue d'une campagne, une figure, la façade d'une maison, d'un jardin, les fleurs d'une étoffe , est ce qu'on appelle dessiner.

Il y a des Dissinateurs qui ne travaillent que pour l'architecture ; les uns pour le paysage , et les autres pour l'ornement.

La Déclamation.

Les discours composés selon les regles de la rhétorique , se prononcent avec une exactitude , et un ton mesuré, qu'on nomme déclamation. Un Orateur (c'est le nom de ceux qui font ces discours) doit avoir autant d'attention à prononcer qu'à composer. La déclamation du poëme dramatique , est ce qu'on appelle jouer la comédie. Réciter des vers comme ils doivent être récités , c'est aussi déclamer.

Les bons déclamateurs sont rares.

Les différents Exercices.

L'Art de tirer des armes , est un exercice nécessaire à un homme exposé à attaquer et à se défendre l'épée à la main.

Plusieurs exercices sont aussi en usage pour l'utilité et pour l'amusement ils ont chacun leurs regles particulieres : tels sont l'art de voltiger , la chasse aux chiens courants ; la chasse aux oi-

seaux de proie, la pêche, et beaucoup
d'autres.

L'Economie.

Les détails qu'exigent les différentes
nécessités de la vie, sont les détails de
l'économie. Un esprit économe, per-
suadé que la plus belle économie est de
donner le plus souvent que l'on peut,
mais qu'il faut donner à propos, sçait
régler sa dépense sans avarice et sans
prodigalité.

L'Ecriture.

L'Ecriture trace par un certain nombre de carecteres décidés tout ce que l'esprit peut penser ; et, comme dit un
Poëte, l'écriture est l'art *de peindre la
parole, et de parler aux yeux.*

La forme différente qu'on donne aux
lettres qui composent l'écriture, lui
donne aussi différens noms. Nous avons
l'écriture gothique, la bâtarde ou ita-
lienne, la ronde, la française, la cou-
lée ou financiere, et la romaine.

La Fable.

La fable étoit la religion des payens ; ils
adoroient plusieurs dieux. La connoissance de ces faux dieux, et de tout ce

qui a quelque rapport à eux, se nomme aussi mythologie ; il faut prendre garde de confondre la fable avec les fables qui sont de petits contes que l'on récite. On appelle Fabulistes ceux qui font des fables, et Mythologistes ceux qui savent la mythologie.

La Finance.

Tous ceux qui font leur principale occupation de recevoir et de donner de l'argent, sont appellés gens de finance. Les Receveurs lèvent les sommes qui sont dues au Roi dans chaque province de son Royaume ; et les Trésoriers paient par son ordre les différents officiers qui le servent : ce qu'il faut savoir pour réussir dans la distribution et le maniement de cet argent, est ce qu'on appelle finance.

Les Fortifications.

Pour bien attaquer ou défendre une place, il faut en connoître le fort et le foible. L'étude des fortifications, qu'on appelle l'architecture militaire, donne cette connoissance, en enseignant à élever des remparts, des demi-lunes et d'autres ouvrages qui puissent empêcher l'ennemi d'aborder. Les Ingénieurs sont ceux qui font une étude plus particuliere des fortifications et des travaux nécessaire pour se rendre maître d'une ville fortifiée.

La Géographie.

La connoissance générale des parties qui composent le monde, s'appelle Géographie. Pour donner cette connoissance, sans être obligé de parcourir des pays immenses, les Géographes tracent sur des cartes la situation et la forme de ces pays. On distingue facilement, sur les cartes, les mers, les montagne les rivieres, les villes, et tout ce qui forme le monde terrestre.

La Géométrie.

Le traité le plus important des mathématiques, et qui aide le plus à réussir dans l'étude des autres traités, c'est la Géométrie. Le bon Géometre mesure et divise par des regles certaines, tout ce qui se présente à la vue, et même à l'imagination.

Généalogie.

On ne doit point négliger de connoître le commencement, les progrès et les alliances des familles illustres. Chaque famille a sa généalogie, c'est-à-dire, une suite connue des peres, grands-peres, bisaïeuls, trisaïeuls, etc. Louis XV étoit fils de Louis duc de Bourgogne, qui avoit épousé Marie-Adélaïde de Savoie. Le duc de Bourgogne étoit petit-fils de Louis XIV. Louis XIV étoit fils de Louis XIII. C'est ainsi qu'un Généalogiste expose les degrés de parenté.

La Guerre.

Dès qu'un Souverain a des justes raisons de se plaindre d'un autre Souverain, il lui déclare la guerre. Il envoie sur les terres de son ennemi un nombre considérable de troupes pour s'emparer des villes qui sont sous son obéissance. L'art de la guerre est celui d'attaquer et de défendre ces villes, et les chemins qui y conduisent : c'est la science d'un général d'armée, et de tous les officiers qui servent sous ses ordres.

La Grammaire.

L'assemblage des regles établies pour parler correctement une langue, s'appelle Grammaire. On dit qu'un homme est bon Grammairien, quand il parle bien sa langue. C'est dans la Grammaire qu'on ap-

prend l'orthographe, qui est la principale partie de l'écriture. L'orthographe
consiste à employer les lettres nécessaires pour former chaque mot, et à n'en
point mettre d'inutiles.

L'Histoire.

Sans les recherches des Historiens,
nous ignorerions ce qui est arrivé depuis la création du Monde, dans tous
les pays qui le composent. L'histoire
universelle nous rappelle non-seulement
ce qui s'est passé chez chaque peuple,
mais elle nous apprend encore les mœurs,
les liaisons, et les guerres que ces peuples ont eues. Les histoires particulières,
sont celles qui ne parlent que d'un pays
ou d'un événement ; par exemple, la
guerre de Troye, l'histoire de France,
les révolutions d'Irlande.

L'Histoire Naturelle.

Tout ce que produit la Nature, se
divise en trois parties. Le regne des animaux, celui des minéraux, et celui des
végétaux.

Les hommes, les poissons, les oiseaux, les insectes, et généralement
toutes les bêtes sont du regne animal.

Les

Les arbres et les petites plantes sont du regne végétal. Tout ce qu'on trouve dans la terre, comme les pierres, les diamants l'or, l'argent et les autres métaux, compose le regne minéral.

Quand on connoît ce que rassemblent ces 3 regnes, on sait l'histoire naturelle.

La Jurisprudence.

La Jurisprudence renferme tout ce qui sert à rendre la justice selon les loix. L'étude de cette science est ce qu'on appelle l'étude du droit. Un Juge l'apprend pour punir les criminels, à proportion des crimes qu'ils ont commis, et pour juger les contestations des plaideurs.

Un Avocat et un Procureur l'apprennent pour aider de leurs conseils, et pour faire valoir les raisons de ceux qui plaident. Un Notaire doit aussi savoir les loix pour faire des actes qui y soient conformes.

Les Jeux.

Presque tous les jeux tiennent leurs premiers principes de l'arithmétique, et la plupart tirent un grand avantage de la facilité de bien compter. On peut les diviser en quatre especes.

L

Jeux d'adresse, comme la paume.

Jeux de cartes, comme le piquet.

Jeux de dez, comme le tric-trac.

Jeux de pure réflexion, comme les échecs.

On distingue aussi les jeux de hasard, dont on ne devroit connoître que le danger.

Les Langues.

Les habitants de différents pays du monde parlent un langage différent. Un Turc, par exemple, n'entend point ce qu'on dit, quand on parle français ou italien, à moins qu'il n'ait étudié ces langues. La science des langues s'apprend en parlant avec ceux qui les savent, ou par le secours des regles.

On appelle langues mortes celles qu'on ne parle plus chez aucun peuple, et qui subsistent seulement dans les livres.

La Logique.

Il ne faut pas croire qu'on ne puisse raisonner juste. La Logique, qu'on connoît pour la premiere partie de la Philosophie, empêche le logicien de s'égarer dans de fausses idées, et le conduit toujours par principes à la justesse d'une décision solide. Les mots *dialectique* et *logique*, signifient la même chose et sont synonymes.

Le Manege.

Il est très-important, sur-tout à ceux qui sont destinés à la guerre, de bien monter à cheval, de connoître les défauts, les beautés et les maladies des chevaux, de les dompter, et de les mener avec art. La façon de travailler un cheval, est ce qu'on appelle le manege. Il y a plusieurs sortes de manege; un bon Ecuyer les connoît toutes.

La Marine.

On fait la guerre sur mer presque aussi souvent que sur terre. Plusieurs vaisseaux qu'on appelle une flotte, quand ils marchent ensemble, sont chargés de soldats et d'artillerie pour combattre une flotte ennemie. Tout ce qui concerne la construction, et la façon de conduire ces vaisseaux, s'appelle la marine ou la navigation.

Il y a des vaisseaux qui ne servent qu'à transporter des marchandises; ce sont les vaisseaux marchands, les autres sont les vaisseaux de guerre.

Les Mathématiques.

Les sciences qui dans leurs opérations, obligent à employer des forces, à calculer ou à mesurer, sont toutes réunies dans une seule science, qu'on appelle les Mathématiques.

L'arithmétique, par exemple, la sphere, l'architecture, sont trois traités qui en font partie. Les Mathématiques renferment jusqu'a 50 traités différens ; mais il est presqu'impossible qu'un seul Mathématicien les sache tous également bien.

Les Mécaniques.

L'étude des Mécaniques nous fournit bien de secours dont on auroit de la peine à se passer. Le mouvement des poulies, la force des léviers, la justesse des horloges, la construction des voitures, et de toutes les machines qu'on emploie dans les arts, est due aux différentes découvertes des Mécaniciens.

On joint ordinairement aux Mécaniques le traité de la Statique, par lequel on connoît l'usage des poids et contre-poids. *Les Médailles.*

Les Médailles sont des especes de monnoies antiques ou modernes qui représenteut, d'un côté, la tête d'un homme illustre, et de l'autre, quelque action d'éclat qui s'est passée pendant sa vie.

La date de chaque action est sur les médailles ; ainsi, en rappellant les principaux traits de l'histoire, elles servent essentiellement à la justesse de la chronologie. On appelle Antiquaires, ceux qui s'attachent à la connoissance des médailles.

Ils y joignent ordinairement la connoissance des statues antiques, et des pierres gravées.

La Médecine.

Quand par l'usage de l'Anatomie, on connoît les fonctions de chaque partie du corps, il faut que la Médecine apprenne à connoître les remèdes que l'on peut apporter au dérangement de ces parties. Une trop grande chaleur cause-t-elle la fievre, un Médecin sait ce qu'il fait pour la temperer, et pour guérir enfin tous les maux auxquels le corps humain est sujet.

La Métaphysique.

La derniere partie de la Philosophie est la Métaphysique, et la plus difficile

L 3

à apprendre et à approfondir. Un Mé-
taphysicien ne raisonne jamais que sur
des sujets purement spirituels ; il travaille sans cesse à prouver des choses
dont on ne peut juger par les sens, et
dont il est permis quelquefois de douter.

Ainsi quand on dit qu'un raisonnement
est simplement métaphysique, c'est comme si l'on disoit qu'on raisonne sans être
appuyé sur un fondemeut solide.

Le Monde.

Aucun livre n'enseigne l'usage du monde ; c'est la science qui demande le plus
de pratique, et sans laquelle presque toutes les autres sciences sont inutiles. Railler avec discrétion ; entendre raillerie ;
ne pas faire parade de ce qu'on sait ; être
poli, sans affecter de l'être, et feindre
de ne pas s'appercevoir du défaut de politesse qu'on pourroit trouver dans les
autres ; voilà les principales regles qui
doivent servir de conduite pour réussir
dans le monde.

La Morale.

Le vrai Philosophe est celui qui sait
se rendre maître de lui-même. Aussi la
morale, ou l'art de conduire ses actions,

passe-t-elle pour la partie la plus utile de la Philosophie : c'est elle qui donne des bornes aux passions, qui déracine le vice, et cultive la vertu. La morale enfin est la science des mœurs.

La Musique.

La Musique enseigne les regles de l'harmonie : et c'est ce qu'on appelle composition. Elle enseigne aussi à rendre méthodiquement, par le son de la voix, ou par secours des instruments, les differents tons qui forment l'harmonie, ainsi on la divise en musique vocale, et en musique instrumentale. La précision dans la mesure est également nécessaire aux deux genres de Musique.

La Peinture.

Quand on met des couleurs sur les figures qu'on a tracées, ce qu'on appelle dessein se nomme alors Peinture. On distingue differents genres de Peinture. La peinture à l'huile qu'on emploie pour les tableaux ; la détrempe et la fresque, dont on se sert sur les plafonds et sur les murs ; la miniature et l'émail pour les petits portraits ; et enfin le pastel, qui n'est autre chose que des crayons de toutes sortes de couleurs.

La Physique.

Rien n'embarrasse un Physicien il sait tout ce qui se passe dans les quatre élémens ; il sait ce qui forme le tonnerre ; ce qui cause la pluie ; comment la terre produit des fruits ; pourquoi le feu s'augmente à l'air ; pourquoi il s'éteint quand il en manque. Il rend compte des effets de la lumiere, de la cause des couleurs ; en un mot, toute la nature est approfondie dans la Physique, qui est la troisieme partie de la philosophie.

Le Poëme épique.

Le récit que l'on fait en vers, des aventures d'un Héros ou des événemens d'une guerre, est ce qu'on appelle Poëme épique. La différence du Poëme épique au dramatique, c'est que, dans le dramatique, les Héros parlent, et dans l'épique le Poëte raconte ce qu'ils ont fait ou dit.

Les aventures de Télémaque, par exemple, seroient un Poëme épique si elles étoient en vers.

Le Poëme dramatique.

Le plus petit ouvrage de poésie, une

chanson, par exemple, une fable, est un poëme; il y en a de plusieurs sortes, on en compte environ quinze différens.

Le Poëme dramatique est un des principaux. On nomme Poëme dramatique une tragédie ou une comédie. Les vers composés pour être mis en musique, tels que ceux des opéra, sont appellés vers lyriques.

La Poësie.

La Poësie est l'art de faire des Vers, et l'on appelle Poëte ceux qui y réussissent. Les vers sont des mots arrangés, dont on compte chaque syllabe. Il y a des vers de différentes longueurs, mais ils finissent toujours par un mot qui rime avec le dernier mot d'un autre vers. Les grands vers, qu'on appelle *alexandrins*, sont composés de douze syllabes.

Voici un exemple de quatre vers:

On me le dit du matin jusqu'au soir;
Il est bien glorieux, dans l'âge le plus tendre,
D'apprendre et de savoir:
Mais pour savoir, il faut apprendre.

La Politique.

La première science d'un Prince après la Religion, doit être la politique. Elle lui enseigne avec quelle dignité il faut se ménager l'amitié et les secours des Princes ses voisins, et avec quelle circonspection, il faut gouverner ses sujets. Des particuliers font aussi une étude de cette science pour pouvoir juger avec connoissance de ce qui se passe dans toutes les Cours, et mériter le titre d'habiles dans les intérêts des Princes.

La Prose.

On écrit en prose ou en vers. La prose est la façon simple, dont on parle dans la conversation, dans les lettres, dans la plupart des livres; ce que je dis actuellement est de la prose. La tournure que chacun emploie en particulier pour s'exprimer, s'appelle style. Le meilleur style est celui dont les phrases sont les plus naturelles. Une phrase est une certaine quantité de mots liés ensemble, et qu'on met toujours entre deux points ou deux virgules.

La Religion.

On entend par Religion, la Religion Catholique, car il y en a de plusieurs sortes : la science de la vraie Religion apprend à connoître la grandeur et la bonté de Dieu, ce qu'il commande, et ce qu'il défend.

Les Auteurs qui en traitent à fond, s'appellent Théologiens, et cette science s'appelle Théologie.

Les fausses Religions.

On appelle hérétiques ceux qui ne croient pas dans tous les points, ce qu'ordonne de croire la Religion Catholique : tels sont les Luthériens, les Calvinistes et beaucoup d'autres.

Il y a des Religions absolument différentes de la nôtre. On a vu des peuples adorer le soleil ; d'autres ont adoré des animaux. Enfin, toute Religion qui n'est pas exactement Catholique, est une fausse Religion.

La Rhétorique.

L'éloquence persuade et touche ceux à qui on parle ; mais pour être éloquent outre les regles de la grammaire, il y a encore d'autres regles. Il ne suffit pas de placer sans ordre ce qu'on veut dire : il faut composer son discours avec art. C'est la Rhétorique qui enseigne cet art ; et l'on appelle Rhétoriciens, ou Rhéteurs, ceux qui savent en faire usage.

La Sphere.

Il faut toujours joindre à la science de

la Géographie , celle de la Sphere , elle enseigne à connoître le monde terrestre. On appelle monde céleste le *Ciel* , où l'on distingue le soleil la lune et les étoiles. C'est la Sphere qui représente le cours des autres ; et pour faciliter l'étude de ces sciences , on dessine le ciel et la terre sur deux boules , qu'on nomme globe terrestre et globe céleste.

La Sculpture.

Pour donner au bois , au marbre , et aux métaux des formes différentes , il faut, d'après les regles du dessin , savoir mettre en pratique la manœuvre et les finesses de la Sculpture. Une belle statue, un vase bien coupé , un bas-relief sculpté avec art font autant d'honneur au Sculpteur, qu'un tableau parfait peut en faire à l'habile Peintre.

La Théorie et la Pratique.

Il y a deux façons de s'instruire. La premiere est établie sur la Théorie ; on appelle ainsi l'assemblage des regles et des principes d'un art ou d'une science. La seconde façon de savoir est totalement différente de la Théorie : c'est la Pratique.

Un

Un Jardinier taille un arbre avec succès par l'habitude qu'il a de tailler, et selon les avantages qu'il a reconnus d'une année à l'autre; mais ce Jardinier ne pénetre point les raisons qui l'ont fait réussir. L'habitude de travailler ainsi, sans remonter aux principes, s'appelle la pratique. Pour être parfait dans quelque genre de science que ce soit, il faut réunir la science théorique, et la science pratique.

Droit naturel, Economique et Politique.

Comme être isolé, l'homme a des devoirs à remplir, qui regardent son existence propre, et le soin qu'il doit prendre de la conserver; on comprend sous le nom de *Jurisprudence naturelle*, les loix relatives à cet objet.

La qualité de pere de famille impose à tous les hommes des devoirs particuliers à l'égard de leurs enfans. Les loix qui les ont eus en vue, servent encore aujourd'hui à déterminer les successions, le partage des biens et les autres objets qui appartiennent à la *Jurisprudence économique.*

M

En s'unissant avec sa famille, à des familles plus nombreuses, les rapports de l'homme changeant, ses devoirs se sont accrus en même proportion. Les loix qui les ont considérés sous cet aspect, ont donné lieu à toutes les institutions de la *Jurisprudence politique*. On les a divisées en autant de branches, qu'il y a de matieres sujettes à la législation.

INSTRUCTION

Pour les personnes qui enseignent à lire.

LES premiers élémens de la Grammaire françoise doivent sur-tout servir de leçons de lecture aux éleves : c'est le moyen de leur en donner une première idée, sans qu'il leur en coûte beaucoup de peine ; la mémoire se charge facilement de ce qu'on a lu plusieurs fois. Ainsi, après avoir fait lire un petit article à un enfant, on peut commencer à lui en demander compte, et l'aider à l'entendre.

Il faut insensiblement lui faire connoître les neuf parties du discours qui composent toute la Langue françoise, lui apprendre à décliner les noms, à conjuguer les verbes, et à bien distinguer celles de ces neuf parties qui ne se déclinent ni ne se conjuguent, telles que sont l'adverbe, la préposition, la conjonction et l'interjection.

M 2

GRAMMAIRE FRANÇOISE.

LA Langue françoise est composée de neuf sortes de mots, savoir le nom, l'article, le pronom, le verbe, le participe, l'adverbe, la préposition, la conjonction et l'interjection.

DU NOM.

Il y a de deux sortes de noms; le nom substantif et le nom adjectif.

Du nom substantif.

Le nom substantif est un mot qui nomme simplement une chose quelconque.

Les mots *soleil, lune, étoiles*, sont des noms substantifs.

Du nom adjectif.

Le nom adjectif est un mot qui marque de quelle maniere est la chose nommée par le nom substantif.

Les mots *rond, ronde, brillant, brillante*, sont des noms adjectifs.

Dans l'usage ordinaire, le nom adjectif se joint presque toujours à un nom substantif. Il marque de quelle maniere ou de quelle couleur est la chose nommée par le nom substantif. Exemples : *le soleil est rond, la lune est ronde, les étoiles sont brillantes.*

Ce qu'on dit ici des choses se dit aussi des personnes et de tous les êtres en général.

Exemples : *Voilà un brave homme, c'est une femme sage, la vertu est aimable.*

Des Genres.

La langue françoise n'a que deux genres, le masculin qui désigne le mâle, ou tout ce qui est du même genre, comme *l'homme*, *le soleil*, *le temps*, etc. et le féminin qui désigne la femelle, en tout ce qui est du même genre, comme *la femme*, *la lune*, *la terre*, etc.

Des Nombres.

Il y a deux nombres : le singulier, quand on parle que d'une seule chose ou d'une seule personne, comme quand on dit *l'homme*, *la femme*, *le ciel*, *la terre*; et le pluriel quand on parle de plusieurs choses, comme quand on dit : *les hommes*, *les femmes*, *les cieux*, *les terres*.

Des Cas.

Il y a six cas : le nominatif, le génitif, le datif, l'accusatif, le vocatif et l'ablatif.

Ces six cas servent à décliner les noms substantifs par le moyen des articles *le*, *la*, *les*, *de*, *du*, *des*, *à*, *au*, *aux*, dont on parlera ci-après.

Exemple de déclinaison, tant au singulier qu'au pluriel.

Nom substantif masculin.

SINGULIER.		PLURIEL.	
N.	le Roi.	N.	les Rois.
G.	du Roi.	G.	des Rois.
D.	au Roi.	D.	aux Rois.
Ac.	le Roi.	Ac.	les Rois.
Voc.	ô Roi.	Voc.	ô Rois.
Abl.	du Roi, *ou* par le Roi.	Abl.	des Rois, *ou* par les Rois.

Nom substantif féminin.

SINGULIER.		PLURIEL.	
N.	la Reine.	N.	les Reines.
G.	de la Reine.	G.	des Reines.
D.	à la Reine.	D.	aux Reines.
Ac.	la Reine.	Ac.	les Reines.
Voc.	ô Reine.	Voc.	ô Reines.
Abl.	de la Reine, *ou* par la Reine	Abl.	des Reines *ou* par les Reines

M 3

Nom des Adjectifs.

Les noms adjectifs servent à comparer ensemble les noms substantifs, et à former ce qu'on appelle degrés de comparaison. Exemple : *le soleil est plus éclatant que la lune*, ou *la lune est moins éclatante que le soleil*.

Des degrés de comparaison.

Il y a trois degrés de comparaison, c'est-à-dire, de trois manieres de comparer ensemble les noms substantifs : savoir ; le positif, comme *grand* ; le comparatif, comme *plus grand* ; le superlatif, comme *très-grand*.

Exemples : *Alexandre étoit un grand homme. César étoit plus grand homme que Pompée. Louis XIV étoit un très-grand Roi.*

Un nom adjectif est au superlatif, quand il y a *le* ou *la* devant *plus*, ou un de ces mots, *très*, *fort*, *extrêmement*, *infiniment*, *parfaitement*, *souverainement*. Ainsi, *le plus savant*, *la plus savante*, *très-savant*, *très-savante*, *fort aimable*, *la plus aimable*, *extrêmement poli*, *le plus poli*, *infiniment bon*, *extraordinairement bon*, *parfaitement heureux*, *le plus heureux*, *la plus heureuse*, *souverainement juste*, *le plus juste*, sont au superlatif.

Il y a des comparatifs et des superlatifs qui s'expriment en un seul mot : ces comparatifs sont *meilleur*, *pire*, *moindre*.

Exemples : *meilleur* signifie *plus bon* (expression qui n'est point d'usage ;) *pire* signifie *plus mauvais*, *moindre* signifie *plus petit*.

Les superlatifs qui s'expriment en un seul mot, sont *généralissime*, *sérénissime*, *révérendissime*.

Noms de nombres absolus.

Il y a des nombres adjectifs qui servent à compter ; ce sont , *un deux , trois , quatre , cinq , six , sept ,* etc. on les appelle noms de nombres absolus.

Noms des nombres ordinaux.

Il y en a d'autres qui marquent l'ordre et le rang ; ce sont *le premier , la premiere , le second , le troisieme , le quatrieme ,* etc. tant pour le masculin que pour le feminin, le singulier et le pluriel ; on les appelle noms de nombre ordinaux.

Il y a trois sortes de noms substantifs ; savoir, les noms *communs ,* les noms *propres* et les noms *collectifs.*

Noms substantifs communs.

Les noms *communs* sont ceux qui désignent les espèces d'un même genre ; ainsi les mots *hommes , chevaux , bêtes ,* sont des noms substantifs communs , parce qu'ils désignent ,

le premier , tous les hommes ;

le second , tous les chevaux ;

et *le troisieme ,* toutes les bêtes.

Noms substantifs propres.

Les noms *propres* sont ceux qui appartiennent à chaque homme en particulier , comme *Alexandre , César , Louis XIV.*

Noms substantifs collectifs.

Les noms *collectifs* sont ceux qui renferment en un seul mot plusieurs choses , ou plusieurs personnes , comme *la forêt , le Clergé , la Cour , l. Parlement , la Noblesse ,* etc.

Les noms adjectifs sont de deux genres : ainsi ils ont deux terminaisons , l'une pour le mascu lin, et l'autre pour le féminin ; comme *beau*, *belle*, *grand*, *grande*, au lieu que les noms subs. tantifs n'ont qu'une terminaison, et ne peuvent être que d'un genre, *le ciel*, *la terre*, etc.

Un nom adjectif devient substantif, quand il est précédé de *le*. Exemple : *le beau*, c'est-à-dire, *ce qui est beau* ; *le vrai*, c'est-à-dire, *ce qui est vrai*, etc.

DE L'ARTICLE.

Les articles sont de petits mots qui se mettent avec les noms substantifs pour en faire connoître le genre le nombre et le cas. Quand on dit : *le soleil*, *la lune*, et *les étoiles*, *le soleil* est un nom substantif du genre masculin singulier ; *la lune*, *les étoiles*, un nom substantif du nombre pluriel ; parce que l'article *le*, désigne le genre masculin singulier ; l'article *la*, désigne le genre féminin singulier ; et l'article *les*, désigne le pluriel, tantôt masculin, tantôt féminin. Il y a neuf articles ; savoir :

le, *la*, *les*, *de*, *du*, *des*, *à*, *au*, *aux*.

Il y a des noms substantifs qui ne prennent qu'un article ; d'autres en prennent d'eux, d'autres trois.

Un nom substantif du genre masculin, ne prend qu'un article, tant au singulier qu'au pluriel. Exemple de déclinaison,

SINGULIER.		PLURIEL.	
N.	le ciel,	N.	les cieux.
G.	du ciel.	G.	des cieux.
D.	au ciel.	D.	aux cieux.
Ac.	le ciel.	Ac.	les cieux.
Noc.	ô ciel.	Voc.	ô cieux.
Abl. du ciel, *ou* par le ciel.		Abl. des cieux, *ou* par les cieux

Un nom substantif du genre féminin a trois cas où il prend deux articles ; mais ce n'est qu'au singulier. Exemple :

SINGULIER.	PLURIEL.
N. la terre.	N. les terres.
G. de la terre.	G. des terres.
D. à la terre.	D. aux terres.
Ac. la terre.	Ac. les terres.
Voc. ô terre.	Voc. ô terres.
Abl. de la terre, *ou* par la terre	Abl. des terres, *ou* par les terres

EXCEPTION.

Il y a des façons de parler, où le nom substantif masculin prend deux articles, et le féminin trois. Exemple.

N. du pain.	N. de la viande.
G. de pain.	G. de viande.
D. à du pain.	D. à de la viande.

L'article de l'accusatif est semblable à celui du nominatif ; le génitif semblable à l'ablatif ; l'article du vocatif n'est qu'une exclamation.

Il y a quatre sortes d'articles ; savoir : l'article *défini*, l'article *partitif*, l'article *indéfini*, et l'article *un*, *une*.

Les articles *définis* sont *le*, *la*, *les* ; on les appelle *définis*, parce qu'ils définissent et déterminent le genre et le nom des noms substantifs, et en désignent toute l'espece. Par exemple, quand on dit, *j'aime le pain*, *la viande*, *les fruits* ; cela signifie *j'aime tout ce qui est pain*, *viande*, *fruits*, etc.

L'article partitif, au contraire, n'exprime qu'une partie de la chose dont on parle : ces articles sont *du*, *de*, *la*, *les* ; et quand on dit *du pain*, *de la viande*, *des fruits* me feroient plaisir : cela signifie, *un morceau de pain*, *de viande*, *ou quelques fruits me feroient plaisir*.

On voit par ces exemples que le nominatif de l'article *partitif*, n'est autre chose que le génitif de l'article *défini*. Exemple de déclinaison.

SINGULIER.

N.	du pain	du vin	de l'eau	de la viande.
G.	de pain	de vin	d'eau	de viande.
D.	à du pain	à du vin	à de l'eau	à de la viande.
Ac.	*comme le Nominatif.*			
Abl.	*comme le Génitif.*			

PLURIEL.

N.	des pains	des vins	des eaux	des viandes.
G.	de pains	de vins	d'eaux	de viandes.
D.	à des pains	à des vins	à des eaux	à des viandes.

Il n'y a que deux articles indéfinis : ce sont *de* et *à*. On les appelle indéfinis, parce qu'ils ne définissent ni le genre, ni le nombre des noms ; ils se mettent indifféremment avant les noms masculins ou féminins, avant les noms propres d'hommes, de villes, de provinces, avant le nom de Dieu et des Saints, et avant les pronoms.

Exemples pour les noms substantifs :

N.	Dieu	Louis	Marie	César	Paris.
G.	de Dieu	de Louis	de Marie	de César	de Paris.
D.	à Dieu	à Louis	à Marie	à César	à Paris.

Exemples pour les pronoms :

N.	moi	vous	lui	elle	eux	nous.
G.	de moi	de vous	de lui	d'elle	d'eux	de nous.
D.	à moi	à vous	à lui	à elle	à eux	à nous.

Un, *une*, sont articles lorsqu'on peut mettre à leur place *le* ou *la*.

EXEMPLE. *Un honnête homme doit aimer son Prince, l'État et la Religion.*

Un est un article dans cet exemple, parce qu'on peut dire : *l'honnête homme doit*, etc.

Une femme doit tout sacrifier à son honneur et à sa vertu.

Une est un article, parce qu'on peut dire : *la femme qui est sage doit*, etc.

Un, *une*, sont adjectifs dans les exemples suivans :

> *J'ai rencontré un ami ce matin.*
> *Une affaire importante me retient ici.*

Parce qu'on ne peut pas mettre les articles *le* ou *la* à la place de *un*, *une*, et dire, *j'ai rencontré l'ami ce matin : l'affaire importante me retient ici*.

DU PRONOM.

Un pronom est un mot qui tient ordinairement la place d'un nom substantif.

Il y en a de sept sortes : savoir ; le pronom personnel, le pronom conjonctif, le pronom possessif, le pronom démonstratif, le pronom relatif, le pronom absolu, et le pronom indéfini.

Des pronoms personnels.

Les pronoms personnels sont de petits mots qui représentent les personnes. Tels sont *je*, *moi*, *tu*, *toi*, *il*, *lui*, *elle* ; *nous*, *nous-mêmes*, *vous*, *vous-mêmes* ; *ils*, *eux*, *elles*, *eux-mêmes* ; *elles-mêmes*.

SING. *Je* ou *moi* représentent la première personne : c'est celle qui parle.

> EXEMPLE. *Je vous aime, aimez-moi.*

Tu ou *toi* représentent la seconde personne : c'est celle à qui on parle.

> EXEMPLE. *Tu l'afflige, console-toi.*

Il, *lui* ou *elle* représentent la troisieme personne : c'est celle de qui on parle.

> EXEMPLE. *Parlez-lui, il ou elle répondra.*

PLUR. *Nous* ou *nous-mêmes* représentent la premiere personne au pluriel.

EXEMPLE. *Nous devons faire notre bonheur vous-mêmes.*

Vous ou *vous-mêmes* représentent la seconde personne au pluriel.

EXEMPLE. *Il faut que vous veniez vous-mêmes.*

Ils, eux ou *elles, eux-mêmes, elles-mêmes* représentent la troisième personne au pluriel.

EXEMPLES. *Ils* ou *elles vous diront ce que j'ai fait.*

Eux-mêmes ou *elles-mêmes assurent cette vérité.*

Ces pronoms se déclinent avec les deux articles indéfinis *de* et *à.*

Les mots *soi* et *on,* représentent aussi des personnes, et sont mis au rang des pronoms personnels.

EXEMPLES. *Chacun doit penser à soi.*

On plaît toujours quand on aime.

Pronoms conjonctifs.

Les pronoms conjonctifs représentent tantôt les choses ; tantôt les personnes ; ils se trouvent toujours entre un pronom personnel et un verbe. Exemple : *je vous le rendrai*, ou *je vous la rendrai*; *le* et *la* sont pronoms conjonctifs, peuvent se rapporter à des choses ou à des personnes.

La plupart des pronoms personnels peuvent devenir conjonctifs, à l'exception des pronoms *je*, *tu*, *il*, parce que ces trois personnes sont toujours au commencement de la phrase.

Je vous *aime beaucoup.*	Vous est le pronom conjonctif.
Je lui *parle souvent.*	Lui est le pronom conjonctif.
Il te *connois à fond.*	Te est le pronom conjonctif.
Vous me *consolez un peu.*	Me est le pronom conjonctif.
Tu leur *diras de ma part.*	Leur est le pronom conjonctif.
Vous y *viendrez aussi.*	Y est le pronom conjonctif.
Nous nous *aimons beaucoup.*	Nous est le pronom conjonctif.
Nous le *savons.*	Le est le pronom conjonctif.
Ils les *ont reçus.*	Les est le pronom conjonctif.
On vous *l'a dit.*	L' est le pronom conjonctif.
Nous en *avons encore.*	En est le pronom conjonctif.

On

On voit par ces différens exemples que le pronom personnel est toujours le nominatif du verbe. Le pronom conjonctif est toujours le régime du verbe.

Pronoms possessifs.

Les pronoms possessifs sont de petits mots qui désignent la personne qui possede la chose dont on parle ; par exemple, quand on dit ,

Mon *habit* ,	c'est comme si l'on disoit *l'habit de moi.*
Votre *montre* ,	*la montre de vous.*
Son *épée*,	*l'épée de lui*, etc.

Ainsi les trois pronoms , *mon*, *votre* , *son*, désigne les trois personnes *moi* , *vous* , *lui*.

Mon *chapeau* ,	ma *montre* ,	mes *gants* ,
Ton *chapeau*,	ta *maison* ,	tes *gens* ,
Son *argent* ,	sa *bourse* ,	ses *parents.*
Notre *Roi* ,	Votre *bien* ,	leur *état.*

Les pronoms *mon*, *ma* , *mes* , *ton*, *ta*, *tes* ; *son*, *sa*, *ses* , *notre*, *votre* , *leur* , s'appellent pronoms possessifs absolus, parce qu'ils sont joints à un noms substantif. Il y a d'autres pronoms qui se rapportent à un nom substantif sans y être joints ; on les appelle pronoms possessifs relatifs. Ces pronoms sont *le mien* , *le tien* , *le sien* , *la mienne* , *la tienne* , *la* , *sienne* , *la nôtre* , *le vôtre* , *le leur* , *la nôtre* , *la vôtre* , *la leur.*

EXEMPLES.

Rendez-moi le mien ,	*garde le tien* ;	*chacun le sien* ,
Rendez-moi la mienne ,	*garde la tienne* ,	*chacun la sienne,*
Rendez-nous le nôtre ,	*gardez le vôtre* ,	*chacun le leur* ,
Rendez-nous la nôtre ;	*gardez la vôtre* ;	*chacun la leur.*

Il n'y a dans ces différens exemples aucun nom substantif exprimé ; mais on sent bien qu'il est sous-entendu , et que tous ces pronoms possessifs se rapportent à quelque chose.

N

Pronoms démonstratifs.

Les pronoms démonstratifs sont de petits mots qui servent à montrer la chose dont on parle, comme quand on dit :

EXEMPLES.

Ce *palais*,	cet *officier*,	cette *compagnie*,
Ce *cheval*,	cet *homme*,	cette *femme*.

Ce, *cet*, *cette*, *ces*, *ceci*, *cela*, *celui-ci*, *celui-là*, *celle-ci*, *celle-là*, *ceux-ci*, *ceux-là*, sont des pronoms démonstratifs.

Ce *livre*,	ce *héros*,	ce *tableau*,
Cet *oiseau*,	cet *honneur*,	cet *ameublement*,
Cette *table*,	cette *armoire*,	cette *fenêtre*,
Ces *enfants*,	ces *animaux*,	ces *arbres*.
Ceci *peut convenir*,	mais cela *ne convient pas*	
Celui-ci *à plû*,	celui-là *ne me plaît pas*,	
Celle-ci *est aimable*,	celle-là *ne l'est pas*,	
Ceux-ci *écoutent*,	ceux-là *n'écoutent pas*,	

Pronoms relatifs.

Les pronoms relatifs sont des petits mots qui se rapportent à un nom substantif, et quelquefois à un pronom, ce sont *qui*, *que*, *quoi*, *dont*, *lequel*, *laquelle*, *lesquels*, *lesquelles*.

EXEMPLES.

Je connois la personne qui vous a écrit.
J'ai vu la lettre que vous avez reçue.
On sait présentement à quoi s'en tenir.
Voici le jeune homme dont je vous ai parlé.
C'est un ami pour lequel je m'intéresse.
L'affaire sur laquelle on m'a consulté, est finie.
On connoît ceux pour lesquels vous vous intéressez.
On connoît celles pour lesquelles vous sollicitez.

Exemples de quelques relatifs qui se rapportent à des pronoms.

Pour moi qui vous connois, je vous estime.
Celle que vous venez de voir est aimable.

Pronoms absolus.

Les pronoms absolus sont presque les mêmes que les pronoms relatifs : on ne les appelle absolus, que quand ils ne sont précédés d'aucun nom substantif. Ce sont *qui*, *que*, *quoi*, *quel*, *quelle*, *lequel*, *laquelle*.

EXEMPLES.

Qui *connoissez-vous* ! c'est-à-dire, quelle personne, etc.
Que *demandez-vous* ! quelle chose demandez-vous !
A quoi ou de quoi *vous occupez-vous* !
Quel *homme protégez-vous* !
Quelle *affaire avez-vous* !
Lequel *aimez-vous* !
Laquelle *prenez-vous* !

On voit que le pronom absolu forme toujours une interrogation, quand il n'est pas précédé d'un verbe.

Quand il est précédé d'un verbe, il ne forme plus d'interrogation.

EXEMPLE. *J'ignore* quelle *affaire vous amene à Paris.*

Pronoms indéfinis.

Les pronoms indéfinis sont des mots qui ne se rapportent directement à aucun nom substantif exprimé, ni sous-entendu comme les autres pronoms. Les pronoms indéfinis sont *quiconque, quelqu'un, chacun, autrui, personne, aucun, nul, nul autre, pas un, pas une, tel, telle, la plupart, tout le monde, qui que ce soit, quelque chose que, quoi que, tout .... que, tout homme, l'un l'autre, les uns les autres.*

EXEMPLES.

Quiconque *aime la vertu est heureux.*
Quelqu'un *vous dira peut-être autrement.*
Chacun *doit penser à soi.*
Il ne faut point faire du mal à autrui.
Personne *ne m'a-t-il point demandé aujourd'hui* !
De plusieurs *amis que j'avois, il ne m'en reste* aucun.
Nul autre *que vous n'eût attendu si tard.*
Pas un, *pas une ne m'a satisfait.*
Tel *ou telle devroit être plus circonspect, ou circonspecte.*
La plupart *conviennent du fait.*
Tout le monde *vous connoît pour tel.*

Qui que ce soit *qui me demande*, je n'y suis pas.
Quelque chose que *vous fassiez*, je vous pardonne.
Quoi que *vous en disiez*, cela ne me laisse pas d'être.
Tout *innocent que vous êtes*, on vous accuse.
Tout *honnête* homme doit aimer son honneur.
Il *faut s'aider* l'un l'autre, ou les uns les autres.

DU VERBE.

En général un verbe est un mot qui exprime toutes les actions, soit du corps, comme *marcher, se promener, etc.* soit du cœur, comme *aimer, haïr, etc.* soit de l'esprit, comme *mériter, réfléchir, etc.*

Sans le verbe, toutes les autres parties du discours seroient inutiles dans une langue, et ne pourroient faire aucun sens; c'est pour cela qu'on l'appelle, le mot par excellence.

On connoît qu'un mot est un verbe, lorsqu'on peut y joindre un des pronoms personnels *je, tu, il*; ainsi les mots *aimer, finir, revoir, rendre,* sont des verbes, parce qu'on peut dire :
Je finis, tu finis, il finit. J'écris, tu écris, il écrit.
J'aime, tu aimes, il aime. Je parle, tu parles, il parle.
Je reçois, tu reçois, il reçoit. Je cours, tu cours, il court.
Je rends, tu rends, il rend. Je viens, tu viens, il vient.

Il y a quatre conjugaisons des verbes.

La premiere comprend les verbes dont l'infinitif est terminé en *er*; ainsi *aimer, badiner, jouer, se promener, etc.* sont des verbes de la premiere conjugaison.

La seconde comprend les verbes dont l'infinitif est terminé en *er*; ainsi *finir, mourir, partir, se réjouir, etc.* sont des verbes de la seconde conjugaison.

La troisieme comprend les verbes dont l'infinitif est terminé en *oir*; ainsi *recevoir, pouvoir, appercevoir, concevoir, etc.* sont des verbes de la troisieme conjugaison.

La quatrieme comprend les verbes dont l'infinitif est terminé en *re* ; ainsi *rendre*, *prendre*, *rire*, *écrire*, *se plaindre*, etc. sont des verbes de la quatrieme conjugaison.

Pour conjuguer un verbe, il faut savoir ce que c'est que *tems* et *modes*.

Il y a trois *tems*, qu'on appelle *tems naturels*; savoir, *le présent*, *le passé* et *le futur*.

Le *présent* est le *tems* où se fait quelque chose ; comme *j'aime*, *je finis*, *je reçois*, *je rends*.

Le *passé* est le *tems* où s'est fait quelque chose ; comme *j'ai aimé*, *j'ai fini*, *j'ai reçu*, *j'ai rendu*.

Le *futur* est le *tems* où se fera quelque chose; comme *j'aimerai*, *je finirai*, *je recevrai*, *je rendrai*.

Chacun de ces trois tems en renferme plusieurs autres, comme on verra dans les quatre conjugaisons des verbes.

Il y a deux verbes qu'il faut savoir bien conjuguer avant que de passer à la conjugaison des autres ; ces deux verbes sont le verbe *avoir* et le verbe *être*, qu'on appelle verbes *auxiliaires*, parce qu'ils viennent, pour ainsi dire, au secours des autres verbes, et qu'ils servent à en former les tems composés.

Les tems simples d'un verbe sont ceux qui ne consistent que dans un seul mot ; comme

J'aime,	j'aimerai,	je finis,	je finirai,
Je reçois,	je recevrai,	je rends,	je rendrai,

Les tems composés d'un verbe sont ceux qui sont composés de deux ou de plusieurs mots ; comme *j'ai aimé*, *j'ai été aimé*, *j'ai reçu*, *j'ai été reçu*.

N 3

Il y a quatre modes dans un verbe ; savoir , *l'indicatif* , *l'impératif* , *le subjonctif* et *l'infinitif.*

INDICATIF.

Un verbe est un mode indicatif , quand il ne dépend d'aucun autre mot ; comme quand on dit *j'aime* ou *j'aimerai l'étude.*

Ce mode a onze tems.

Voici la maniere de le conjuguer , ainsi que tous les autres , tant au *masculin* qu'au *féminin* , au *singulier* qu'au *pluriel.*

PRÉSENT.

SINGULIER.

J'ai , Je suis , J'aime , Je finis , Je reçois , Je rends ,
tu as , tu es , tu aimes, tu finis , tu reçois , tu rends ,
il a , il est , il aime , il finit , il reçoit , il rend ,
ou *ou* *ou* *ou* *ou* *ou*
elle a, elle est, elle aime, elle finit , elle reçoit, elle rend.

PLURIEL.

Nous avons , nous sommes , nous aimons ,
vous avez , vous êtes , vous aimez ,
ils *ou* elles ont, ils *ou* elles sont, ils *ou* elles aiment,
nous finissons , nous recevons , nous rendons ,
vous finissez , vous recevez , vous rendez ,
Ils *ou* elles finissent, ils *ou* elles reçoivent, ils *ou* elles rendent.

IMPARFAIT.

J'avois, j'étois , j'aimois, je finissois , je recevois, je rendois.

PRÉTÉRIT.

J'eus , je fus , j'aimai , je finis , je reçus , je rendis.

PRÉTÉRIT ANTÉRIEUR.

J'eus, j'eus été, j'eus aimé , j'eus fini , j'eus reçu , j'eus rendu

PRÉTÉRIT ANTÉRIEUR INDÉFINI.

Les deux verbes auxiliaires n'en ont point.
J'ai eu aimé , j'ai eu fini , j'ai eu reçu , j'ai eu rendu.

PLUSQUE-PARFAIT.

J'avois eu , j'avois été , j'avois aimé
J'avois fini , j'avois reçu , j'avois rendu.

FUTUR.

J'aurai, je ferai, j'aimerai, je finirai, je recevrai, je rendrai.

FUTUR PASSÉ.

J'aurai eu,	j'aurai été,	j'aurai aimé,
j'aurai fini,	j'aurai reçu,	j'aurai rendu,

CONDITIONNEL PRÉSENT.

J'aurois, je serois, j'aimerois, je finirois, je recevrois, je rendrois.

CONDITIONNEL PASSÉ.

J'aurais eu,	j'aurois été,	j'aurois aimé,
ou	ou	ou
j'eusse eu,	j'eusse été,	j'eusse aimé,
j'aurois fini,	j'aurois reçu,	j'aurois rendu,
ou	ou	ou
j'eusse fini,	j'eusse reçu,	j'eusse rendu,

IMPÉRATIF.

Un verbe est au mode impératif, quand on commande à quelqu'un, ou quand on exhorte quelqu'un à faire quelque chose, comme lorsqu'on dit : *aimez Dieu et la vérité.*

Un verbe n'a point de premiere personne à l'impératif, parce qu'on ne se commande point à soi-même.

Ce mode n'a que deux tems, le *présent* et le *futur*, parce qu'on commande, soit pour qu'une chose se fasse présentement ou dans la suite.

PRÉSENT ET FUTUR.

SINGULIER.

Aie,	sois,	aime,
qu'il ait,	qu'il soit,	qu'il aime,
ou	ou	ou
qu'elle ait,	qu'elle soit,	qu'elle aime,
finis,	reçois,	rends,
qu'il finisse,	qu'il reçoive,	qu'il rende,
ou	ou	ou
qu'elle finisse,	qu'elle reçoive,	qu'elle rende.

PLURIEL.

Ayons,	soyons,	aimons,
ayez,	soyez,	aimez,
qu'ils aient,	qu'ils soient,	qu'ils aiment,
ou	*ou*	*ou*
qu'elles aient,	qu'elles soient,	qu'elles aiment,
finissons,	recevons,	rendons,
finissez,	recevez,	rendez,
qu'ils finissent,	qu'ils reçoivent,	qu'ils rendent,
ou	*ou*	*ou*
qu'elles finissent,	qu'elles reçoivent,	qu'elles rendent.

Un verbe est au mode subjonctif, quand il y a avant lui un autre verbe auquel il est joint par la conjonction *que*, comme lorsqu'on dit : *Il faut que je parte. Je suis charmé que vous soyez ici. Je serois fâché qu'il sortît* ou *qu'elle sortît.*

Ce mode n'a que quatre tems : voici la maniere de le conjuguer.

PRÉSENT ET FUTUR, *semblables.*

Que j'aie,	que je sois,	que j'aime,
que je finisse,	que je reçoive,	que je rende.

IMPARFAIT.

Que j'eusse,	que je fusse,	que j'aimasse,
que je finisse,	que je reçusse,	que je rendisse,

PRÉTÉRIT.

Que j'aie eu,	que j'aie été,	que j'aie aimé,
que j'aie fini,	que j'aie reçu,	que j'aie rendu.

PLUSQUE-PARFAIT.

Que j'eusse eu,	que j'eusse été,	que j'eusse aimé,
que j'eusse fini,	que j'eusse reçu,	que j'eusse rendu.

INFINITIF.

Un verbe est au mode infinitif, quand il est terminé en *er*, ou en *ir*, ou en *oir*, ou en *er*, ainsi *avoir, être, aimer, finir, recevoir, rendre,* sont des verbes au mode infinitif. Ce mode a sept *temps*.

PRÉSENT.

Avoir,	être,	aimer,	finir,	recevoir,	rendre.

PRÉTÉRIT.

Avoir eu, avoir été, avoir aimé, avoir fini, avoir reçu, avoir rendu.

PARTICIPE ACTIF PRÉSENT.

Ayant, étant, aimant, finissant, recevant, rendant;

PARTICIPE ACTIF PASSÉ.

Ayant eu, ayant été, ayant aimé, ayant fini, ayant reçu, ayant rendu.

PARTICIPE PASSIF PRÉSENT.

Eu, été,   aimé,   fini,   reçu,   rendu,
ou   *ou*   *ou*   *ou*
étant aimé, étant fini, étant reçu, étant rendu,

PARTICIPE PASSIF PASSÉ.

Les auxiliaires n'en ont point.

Ayant été aimé, ayant été fini, ayant été reçu, ayant été rendu.

GÉRONDIF.

Ayant, étant, en aimant, en finissant, en recevant,
ou   *ou*   *ou*
en rendant.
ou

Aimant, finissant, recevant, rendant.

DIVISION DES VERBES.

Il n'y a proprement que deux sortes de verbes; le verbe substantif et le verbe adjectif.

Le verbe substantif marque l'*existence*, et le verbe adjectif marque la manière d'*exister* : ainsi *être* est le seul verbe substantif, et tous les autres sont des verbes adjectifs. *Aimer*, signifie *être aimant*; *étudier*, *être étudiant*, etc.

Il y a cinq sortes de verbes adjectifs; savoir, le verbe actif, le verbe neutre, le verbe passif, les verbes réfléchis et réciproque, et le verbe impersonnel.

Du Verbe actif.

Le verbe actif est celui qui a un régime, c'est-à-dire, après lequel on peut toujours mettre un de ces deux mots *quelqu'un* ou *quelque chose* : ainsi *aimer*, *finir*, *recevoir*, *rendre*, sont des verbes actifs, parce qu'on peut dire :

aimer quelqu'un,   *finir quelque chose*.
recevoir quelqu'un,   *rendre quelque chose*.

Du Verbe neutre.

Le verbe neutre est un verbe qui n'a point de régime, et après lequel on ne peut jamais mettre un de ces deux mots *quelque* ou *quelque chose* : ainsi *marcher*, *tomber*, sont des verbes neutres, parce qu'on ne peut pas dire : *marcher quelqu'un*; *tomber quelque chose*.

Il y a des verbes neutres qui se conjuguent avec les temps simples du verbe auxiliaire *avoir* comme *dormir*, *dîner*, *souper*.

EXEMPLES. J'ai dormi,   j'ai dîné, j'ai soupé. et ainsi des autres.

Il y a d'autres verbes qui se conjuguent avec les temps simples du verbe auxiliaire *être*, comme *venir*, *arriver*, *tomber*.

EXEMP. Je suis venu, je suis arrivé, je sois tombé. et ainsi de plusieurs autres.

Nota. Pour accoutumer les enfants à cette différence essentielle, il faut leur faire conjuguer plusieurs verbes.

Du Verbe passif.

Le verbe passif est un verbe après lequel on peut mettre un de ces mots *par quelqu'un* ou *par quelque chose*. Ce verbe est ordinairement composé du verbe auxiliaire *être*, joint à un participe passif d'un verbe actif; ainsi *être aimé*, *être affligé*, sont des verbes passifs, parce qu'on peut dire : *être aimé par quelqu'un*, *être affligé par quelque chose*.

Le verbe passif suit la conjugaison du verbe auxiliaire *être* dont il est formé; ce qui n'arrive que lorsqu'il se trouve joint au participe passif d'un verbe actif.

Du Verbe réfléchi.

Un verbe est réfléchi, lorsqu'on peut y ajouter *soi-même* après l'infinitif ; ainsi *se chagriner*, *s'amuser*, *se consoler*, sont des verbes réfléchis.

Les verbes réfléchis se conjuguent avec les pronoms conjonctifs *me*, *te*, *nous*, *vous*, *se* : il est aisé d'en donner des exemples.

Du Verbe réciproque.

Un verbe est réciproque, lorsqu'on peut y ajouter le mot *ensemble*, ou le mot *réciproquement* après l'infinitif, ainsi *se battre*, *se caresser*, etc. sont des verbes réciproques.

Ces verbes se conjuguent comme le verbe réfléchi, avec les pronoms conjonctifs *me te*, *nous*, *vous*, *se*.

Du Verbe impersonnel.

Le verbe impersonnel est un verbe qui n'a que la troisieme personne du singulier dans tous ses temps, comme *il pleut*, *il grêle*, *il tonne*, *il y a*, *il faut*, *il importe*, etc.

On voit que ces verbes ne peuvent avoir ni *première ni seconde personne*.

RÉGIME DU VERBE.

On appelle régime du verbe, le nom ou le pronom qui se trouve après le verbe.

Il y a deux sortes de régimes, le régime direct, et le régime relatif.

EXEMP. *Aimer l'étude ; revenir de la campagno.*

Le régime direct est le nom ou le pronom qui se trouve immédiatement après le verbe. Dans *aimer l'étude*, *l'étude* est le régime direct du verbe *aimer*, parce qu'il n'en est point séparé.

Le régime relatif est le nom ou le pronom qui est séparé du verbe par *de* ou *à*, ainsi dans *revenir de la compagne*, ou *aller à la campagne*: la *campagne* est le régime relatif du verbe *aller* ou *revenir*, parce qu'il est séparé du verbe par *de* et *à*.

DU PARTICIPE.

Le participe est un mot formé d'un verbe : *aimant*, *finissant*, *recevant*, *fuyant*, *rendant*, *aimé*, *fini*, *reçu*, *fui*, *rendu*, sont des participes formés des verbes *aimer*, *finir*, *recevoir*, *fuir*, *rendre*.

Il y a deux sortes de participes : le participe actif, et le participe passif.

Le participe actif est celui qui exprime une action qui se fait; il est toujours terminé en *ant*; ainsi quand on dit, *aimant l'étude*, *finissant un ouvrage*, *recevant une lettre*, *rendant service*, etc. *aimant*, *finissant*, *recevant*, *rendant* sont des participes actifs.

Le participe passif est celui qui exprime une action qui est faite. Ce participe n'est jamais terminé en *ant*: ainsi quand on dit, *un homme aimé*, *un ouvrage fini*, *un présent reçu*, *un service rendu*; *aimé*, *fini*, *reçu*, *rendu* sont des participes passifs.

Le participe actif ne se décline point, et l'on dit également *un jeune homme aimant l'étude*; *une demoiselle aimant l'étude*; *des enfants lisant*; *des femmes lisant*.

Le participe passif ne se décline point non plus, lorsqu'il est suivi d'un nom substantif, comme dans ces exemples : *j'ai fini mes affaires*; *nous avons reçu vos lettres*. Mais il se décline lorsque le nom substantif est avant le participe;

et

et alors il faut les faire accorder ensemble en geure et en nombre, et dire : *mes affaires sont finies : vos lettres ont été reçues ; les ouvrages que j'avois commencés sont finis*, etc.

On voit par-là que le participe passif est déclinable comme les noms adjectifs.

EXEMPLES.

Je me suis réjoui, où elles se sont réjouies de votre bonheur. Les femmes ne sont soumises aux mêmes peines dont les hommes sont punis.

Le participe passif est indéclinable, lorsqu'il est suivi du nominatif de la phrase, comme dans ce qui suit :

EXEMP. *J'ai reçu toutes les lettres que m'ont écrit mes amis. Avez-vous vu la lettre que vous a écrit votre père !*

Si le nominatif étoit avant le participe, il deviendroit déclinable : il faudroit dire : *j'ai reçu les lettres que mes amis m'ont écrites. Avez vous vu la lettre que votre pere vous a écrites.*

DU GÉRONDIF.

Le gérondif est un mot qui se termine en *ant*, comme le participe actif ; et toute la différence qu'il y a entre ces deux mots, c'est qu'on peut toujours mettre en avant le gérondif, ce qu'on ne peut faire avant le participe.

EXEMP. *Etudiant comme vous faites vous deviendrez savant.*

Etudiant est un gérondif, parce qu'on peut dire : *en étudiant comme vous faites*, etc.

Il faut cependant excepter de cette regle les gérondifs *ayant* et *étant*, avant lesquels on ne peut jamais mettre *en*.

DE L'ADVERBE.

L'adverbe est un mot indéclinable qui se met auprès du verbe pour marquer la maniere dont se fait l'action exprimée par le verbe, comme quand on dit : *je vous aime tendrement ; servez-moi fidélement : vivons chrétiennement. Tendre-*

O

ment, fidélement, chrétiennement sont des adverbes ; il y en a une infinité d'autres.

Il y a deux sortes d'adverbes ; les adverbes simples, et les adverbes composés.

Les adverbes simples sont ceux qui s'expriment en un seul mot ; comme *tendrement, fidélement, chrétiennement.*

Les adverbes composés sont ceux qui sont composés de plusieurs mots ; tels que sont *sans façon, tour-à-tour*, etc. Agir *sans façon*, chanter *tour-à-tour*, etc.

Maniere de connoître les adverbes.

Un mot est adverbe, quand il peut répondre à un de ces quatre mots : *quand ? où ? combien ? comment ?*

EXEMPLE. *Nous irons bientôt vous voir, et nous irons en voiture.*

Dans cet exemple, *bientôt* est adverbe, parce qu'on peut dire : *quand irons-nous ? bientôt. En voiture* est encore adverbe, parce qu'on peut dire : *comment irons-nous ? En voiture.*

Autre EX. *Les uns se placeront* devant, *les autres* derriere.

Devant et *derriere* sont des adverbes, parce qu'on peut dire : *où nous placerons-nous ? devant, derriere.*

Autre EX. *Nous serons bonne compagnie, et nous dépenserons fort peu de chose.*

Bonne compagnie est adverbe, parce qu'on peut dire : *combien serons-nous ? bonne compagnie. Fort peu de chose* est encore adverbe, parce qu'on peut dire : *combien dépenserons-nous ? fort peu de chose.*

DE LA PRÉPOSITION.

La préposition est un mot indéclinable qui a toujours un nom substantif ou un pronom pour régime.

Il y a deux sortes de prépositions ; les prépositions simples, et les prépositions composées.

Les prépositions simples sont celles qui s'expriment en un seul mot ; comme *après, avec, dans*.

Ex. *Après l'office, dînez avec moi. Entrons dans la maison*.

Les prépositions composées sont celles qui sont composées de plusieurs mots, comme *en présence de, par rapport à, vis-à-vis de*, etc.

EXEMPLE. *En présence de tout le monde. Par rapport à vous. Vis-à-vis de ma fenêtre*.

Le mot *près* est une préposition ; il est indéclinable ; lorsqu'il est terminé par une *s*, il signifie *sur le point de*.

EXEMPLE. *Votre ami est près d'arriver*, c'est-à-dire, *sur le point d'arriver*.

Le mot *prêt* est adjectif et déclinable, lorsqu'il est terminé par un *t* ; il signifie *disposé à*.

EXEMP. *Êtes-vous prêt à partir, ou prête à partir ?* c'est-à-dire, *êtes-vous disposé à partir, ou disposée à partir ?*

On voit par-là que *près de mourir*, signifie *sur le point de mourir* ; et *prêt à mourir*, signifie *disposé à mourir*.

Avant est préposition, quand il a un régime, comme dans *avant la fin du jour*.

Avant est adverbe, quand il n'a point de régime, comme dans *s'enfoncer trop avant*.

Devant est préposition dans *marchez devant moi*, parce qu'il a le pronom *moi* pour régime ; mais il est adverbe dans *je marcherai derrière, et vous devant*, parce qu'ici il n'a point de régime.

DE LA CONJONCTION.

Une conjonction est un mot indéclinable, qui sert à lier ensemble les parties d'une phra-

O 2

se ; tels sont *si*, *aussi*, *quand*, *encore*, *par consé-*
quent, *quand bien même*, et une infinité d'autres.

EXEMPLES.

Si vous allez à la campagne, j'irai aussi.

Je n'étois pas encore au logis, quand vous y arrivâtes.

Si on ôte de ces deux phrases les conjonctions *si*, *aussi*, *quand*, *encore*, il n'y aura plus
aucun sens. Ainsi les conjonctions servent à lier
les mots, et établissent le sens des phrases.

Les conjonctions sont simples ou compo-
sées ; les simples sont *si*, *aussi*, *quand*, *en-*
core, etc. Les composés sont *par conséquent*,
quand bien même, *c'est pour cela que*, *ni plus*,
ni moins que, et plusieurs autres.

EXEMPLES.

EXEMPLES. *Vous dites que vous voulez être savant*, par
conséquent vous devez étudier.

Il faut dire la vérité; quand bien même elle *ne vous se-*
roit pas avantageuse.

Vous avez fait une belle action, et *c'est pour cela*
qu'on vous estime.

Je vous aime ni plus ni moins que si vous étiez mon
frere.

Que est conjonction, lorsqu'il est au commencement ou au milieu d'une phrase, et qu'il
ne peut pas se tourner par *lequel* ou *laquelle*,
lesquels ou *lesquelles*, etc.

EXEMPLE. *Que chacun prenne garde à soi*, ou *il faut*
que chacun prenne garde à soi, etc.

Que, dans ces exemples, ne se rapporte à
aucun nom substantif, et ne peut se tourner
par *laquelle*, *lesquels* ou *lesquelles*, etc.

Il y a quelques prépositions qui deviennent
conjonctions, lorsqu'elles se trouvent avant un
verbe à l'infinitif.

EXEMPLES.

Loin de blâmer votre conduite, je la loue.
Il faut être honnête homme, jusqu'à tout sacrifier à la probité.
On ne doit reposer qu'après avoir travaillé.
Il faut mériter pour obtenir.
On ne doit blâmer personne sans l'entendre.

On voit par ces différens exemples, que les mots *loin de*, *jusqu'à*, *après*, *pour*, *sans*, qui sont ordinairement prépositions, avant un nom substantif ou un pronom, deviennent ici des conjonctions, parce qu'ils sont avant des verbes à l'infinitif.

DE L'INTERJECTION.

Une interjection est un mot indéclinable dont on se sert pour exprimer les différens mouvemens de l'ame.

EXEMPLES.

Pour exprimer la joie, on dit,	Ah ! bon.
Pour applaudir,	Fort bien.
Pour la peine ou le plaisir,	Tant pis, tant mieux.
Pour exprimer la douleur,	Hélas ! mon Dieu !
Pour exprimer l'aversion, le mépris,	Fi, fi donc !
Pour encourager,	Allons, courage.
Pour arrêter,	Tout beau ! doucement !
Pour faire cesser,	Hola, assez.
Pour faire taire,	Paix ! paix-là !

Le ton de voix distingue et détermine ordinairement le sens de l'interjection; chacune doit avoir une inflexion particulière suivant les différentes passions qui animent la personne qui parle.

O 3

INSTRUCTION

Pour les personnes qui enseignent à lire.

L'ÉCRITURE a comme le discours, ses pauses, ses intervalles ; pour les distinguer, on a inventé la *Ponctuation*. On appelle ainsi la maniere de placer les points et les virgules dans le discours imprimés, écrit ou prononcé. Le point marque l'intervalle le plus considérable. On fait toujours usage de la virgule pour séparer tous les membres d'une phrase qui sont unis par la construction. On a cru devoir mettre sous les yeux des enfants, des exemples qui servent à leur faire connoître l'usage du point et de la virgule, employée séparément ou ensemble.

On admet encore dans l'écriture d'autres figures, sur lesquelles il a paru essentiel de donner quelques instructions. Ces figures sont:

L'apostrophe ('),

Le trait d'union (-),

Les deux points sur les voyelles (ë, ï, ü,),

La cédille (ç),

Et la paranthese ( ).

DE LA PONCTUATION.

LA ponctuation consiste à placer les Points et les Virgules, de maniere à établir le sens et la clarté du discours écrit ou prononcé.

La ponctuation est composée de six petits caracteres, dont voici les noms et la forme.

Caracteres de la ponctuation.

, La Virgule.
; Le Point avec la Virgule.
: Les deux Points.
. Le Point seul.
? Le Point d'interrogation.
! Le Point d'admiration.

Maniere de placer la Virgule.

On place la Virgule à l'endroit de la phrase où l'on s'arrête pour reprendre haleine, quoique le sens ne soit pas fini. Exemple tiré de l'Oraison funebre de M. le Vicomte de Turenne, par M. Fléchier.

« Turenne meurt, tout se confond, la Fortune chancelle, la Victoire se lasse, la Paix s'éloigne, l'Armée en deuil s'occupe à lui rendre les devoirs funebres, etc. »

On place encore la Virgule après les noms de Dieu et des Saints, d'arts, des sciences, des lieux, des pays, des grands hommes, etc. comme dans les exemples suivans.

« Nous devons à Dieu, à la Sainte Vierge, à
» la Religion, l'hommage le plus sincère, etc.»

» Les enfans doivent apprendre de bonne
» heure l'Histoire, la Géographie, la Musique,
» les langues suivantes, etc. »

« Les quatre parties du monde sont l'Europe,
» l'Asie, l'Afrique et l'Amérique. »

« Alexandre, César, etc. ont acquis moins
» de véritable gloire que Charlemagne, Saint
» Louis, etc. »

Maniere de placer le Point avec la Virgule.

Le Point avec la Virgule servent à séparer
les différens membres d'une longue phrase,
dont le sens complet dépend de différentes parties. En voici un exemple tiré du même discours de M. Fléchier sur la M. de Turenne.

« N'attendez pas, Messieurs, que j'ouvre
» ici une scene tragique ; que je représente ce
» Grand-Homme étendu sur ses propres tro-
» phées ; que je découvre ce corps pâle et
» sanglant, auprès duquel fume encore la
» foudre qui l'a frappé ; que je fasse crier son
» sang comme celui d'Abel, etc. »

Autre exemple tiré du même discours.

«Si M. de Turenne n'avoit su que combattre
» et vaincre ; si sa valeur et sa prudence n'a-
» voient été animées d'un esprit de foi et de
» charité, je le mettrois au rang des Fabius et
» des Scipion, etc. »

Manieres de placer les deux Points.

Les deux Points marquent un sens plus complet que le Point et la Virgule : on les met après une phrase dont le sens est achevé , mais à laquelle on ajoute encore quelque chose pour l'éclaircir. En voici un exemple.

Madame de Sévigné raconte dans une lettre écrite à son gendre, la mort de M. de Turenne.

« C'est à vous que je m'adresse , mon cher
» Comte, pour vous écrire une des plus gran-
» des pertes qui put arriver en France : c'est la
» mort de M. de Turenne. »

Autre exemple tiré du même discours , par M.
Fléchier.

« Dieu immole à sa souveraine grandeur de
» grandes victimes : il frappe, quand il lui plaît,
» les têtes illustres qu'il a couronnées. »

Maniere de placer le Point seul.

Le Point seul se met à la fin des phrases dont le sens est complet et indépendant de toute autre phrase : en voici un exemple. C'est encore Madame de Sévigné qui écrit à son gendre la mort de M. de Turenne.

« Je suis assurée que vous serez aussi touché
» et aussi désolé que nous le sommes ici. Cette
» nouvelle arriva lundi à Versailles. Le Roi en
» a été affligé comme on doit l'être de la perte
» du plus grand Capitaine, et du plus honnête

» homme du monde. Jamais un homme n'a été
» regretté si sincérement. Tout Paris étoit dans
» le trouble et dans l'émotion. Chacun parloit
» et s'attroupoit pour regretter ce Héros. »

Maniere de placer le Point d'interrogation.

Le Point d'interrogation se met à la fin d'une
phrase qui exprime une interrogation. En voici
un exemple tiré de l'Ode à la Fortune, par M.
Rousseau.

« Fortune dont la main couronne
» Les forfaits les plus inouis,
» Du faux éclat qui t'environne,
» Serons-nous toujours éblouis ?
» Jusques à quand, trompeuse idole,
» Honorerons-nous tes autels ?
» Verra-t-on toujours tes caprices
» Consacrés par les Sacrifices,
» Et par l'hommage des mortels ?»

Maniere de placer le Point d'admiration.

Le Point d'admiration se met à la fin d'une
phrase qui exprime une exclamation. En voici
un exemple tiré d'une des Odes Sacrées de M.
Rousseau.

« O que tes œuvres sont belles !
» Grand Dieu ! quels sont tes bienfaits !
» Que ceux qui te sont fidelles,
» Sous ton joug trouvent d'attraits, etc. »

Des figures employées dans l'Impression ou dans l'Ecriture.

L'ORTHOGRAPHE a admis dans notre langue des caracteres différens consacrés à différens usages.

' L'apostrophe marque la suppression d'une voyelle. Elle se place ordinairement au-dessus de la lettre supprimée. On écrit *l'amour*, au lieu de *le amour* ; *l'amitié*, au lieu de *la amitié*.

" On met sur l'*e*, l'*i* et l'*u*, deux points : on appelle ces voyelles *ë trema*, *ï trema*, *ü trema*. On emploie ces deux points pour marquer que la voyelle sur laquelle ils sont placés forme une syllabe distincte, et que le son qu'elle doit produire ne doit pas être confondu avec celui d'une voyelle dont elle seroit précédée ; ces deux points sont ainsi destinés à ôter toute équivoque. On prononce *Saül* ; s'il n'y avoit point sur l'*u*, on prononceroit *Saul*. On dit *ai guë*, *am bi guë*, et si l'*e* n'étoit pas marqué de deux points, on prononceroit les deux dernieres syllabes de ces mots, comme les dernieres syllabes de ces mots *langue*, *fatigue*.

ç La cédille est une espece de petit *c* retourné ; elle se place ordinairement sous le *ç*. Elle sert à marquer qu'il faut adoucir le son de cette lettre devant *a*, *o*, *u*. Le *ç* marqué d'une cédille, produit à-peu-près le son de l'*s* suivie d'un *a*, d'un *o*, et d'un *u*. On écrit *leçon*, il

commença, il prononça, il a conçu ; on prononce *leson, il commensa, il prononsa, il a*
consus.

() On appelle parenthese deux crochets placés
en regard, entre lesquels on renferme un petit nombre de paroles qui interrompent le
sens du discours, et qui sont cependant nécessaires à l'intelligence de la phrase, comme
on peut le voir dans l'exemple suivant :

Le vainqueur de Renaud (si quelqu'un le
peut être.) sera digne de moi.

- Le trait d'union sert à unir deux mots, qu'il
faut prononcer comme s'ils n'en formoient
qu'un. Exemples :

Croit-il être instruit ? Veut-il étudier ? Dût-il
périr ? Aime-t-il l'étude ?

--- Le trait de séparation sert à remplacer les
dit-il, *dit elle*, qui dans les dialogues rendent le discours traînant et insipide.

.... Depuis quelques temps, on coupe en France
les phrases par une suite de Points placés
horisontalement les uns après les autres.
Cet usage a pour objet de montrer à tout
le monde qu'il faut faire une pause aux
phrases ainsi séparées.

» On emploie encore dans l'Imprimerie de
petits caracteres appellés Guillemets, c'est
une double virgule que l'on place au commencement de toutes les phrases et de toutes les lignes d'une citation. On trouvera
dans le morceau suivant, des exemples de
la différente ponctuation et de tous les caracteres qui servent à marquer les nuances
d'un discours.

L'ENFANT

L'ENFANT BIEN CORRIGÉ.

LE pauvre Nicolas, tout courbé sous le poids
D'un énorme fagot, s'en revenoit du bois
Un soir beaucoup plus tard qu'il n'avoit de coutume.
En marchant, il disoit, d'un ton plein d'amertume :
« La bonne Marguerite est bien triste à présent ;
» Elle s'inquiete, elle pleure :
» Chaque moment
» Lui paroit long, long comme une heure.
» Antoine est triste aussi. C'est un si bon enfant :
» C'est tout le portrait de sa mere.
» Si les Dieux nous aident, j'espere
» Qu'il sera tendre et bienfaisant.
» Cet espoir est bien doux. Mais voici que j'approche
» Ils seront consolés quand ils me reverront.
» Comme ils seront joyeux, comme ils m'embrasseront !
» S'ils me faisoient quelque reproche ;
» Je leur dirai pourquoi j'ai tardé si long-temps ;
» Au lieu de m'en vouloir, ils seront bien content. »
» Tout en raisonnant de la sorte
Nicolas arrive à sa porte.
Il entre, il voit sa femme assise auprès du lit :
Sur la traverse de sa chaise
Sa tête est renversée ; elle pleure et gémit !
Son fils est à genoux ; il tient, il presse, il baise
Sa main qu'elle paroit vouloir lui retirer.
« Cessez, dit Nicolas, cessez de soupirer.
» Me voilà bien portant — Est-ce ainsi qu'on m'embrasse !
» Vous ne me dites rien ! Mon fils, tu ne viens pas
» Te jetter dans mes bras !
» Une caresse me délasse !
» Tu le sais bien, viens donc ! Ils veulent me punir.
» Ne boudez plus, tenez, mettez-vous à ma place.
» Voyez si je devois plutôt m'en revenir.
» J'avois fait mon fagot, je sortois du bocage,
» Il n'étoit pas encor absolument bien tard.
» Quand j'y vois arriver un malheureux vieillard,
» Il est, je crois, de ce village
» Que par notre fenêtre on apperçoit là bas.
» Il se traînoit à peine. A voir votre démarche
» Lui dis-je, Patriarche,
» Vous semblez déja las.

P

» Il me répond par un hélas !
» Qui me fait grand pitié. Vite, je prends ma hache,
» Je lui coupe un fagot ; je ne le fais pas gros,
» Il ne l'eût pas porté : de deux harts je l'attache,
»   Et le mets sur son dos.
»   Il me remercie et me quitte.
» Je veux doubler le pas pour arriver plus vite.
»   La neige tient à mes sabots,
» Et m'empêche.... Mais quoi ! ma chère Marguerite,
» Encore des soupirs, encore des sanglots !
» Tu ne pardonnes point ! Tu ne m'aimes donc guere !
» Je ne l'aurois pas cru. » Marguerite, à ces mots,
» Le prenant par la main, lui dit : Malheureux pere,
Pourrois-tu desirer d'être aimé de la mere
        Du fils le plus méchant !
— Antoine, méchant ! lui : Non, non, son caractere
Est bon ; je le connois : il est encore enfant,
Il aime à folàtrer, c'est le droit de son âge,
        Mais laisse faire, en grandissant
            Il sera bon et sage
— Dis plutôt cruel. — Non, je le promets pour lui,
Antoine, tu devrois le promettre toi-même,
Et tâcher d'appaiser une mere qui t'aime.
Mais approche, dis-moi ; qu'as-tu fais aujourd'hui
Pour la fâcher ! réponds, puisque je le demande....
Vous vous cachez, mon fils ; la faute est donc bien grande,
— Très-grande, cher époux ; mais il en est honteux,
C'est bon signe. — Dis-moi ce que c'est. — Tu le veux ;
        Tu seras fâché de l'entendre ;
Mais enfin tu le veux, tu le sauras. Ce soir,
        Comme il m'ennuyoit de t'attendre,
J'ouvrois de tems en tems la porte, et j'allois voir
        Si tu venois, une fauvette
        Entre avec moi dans la maison,
        Puis se blottit sur la couchette,
        Elle grelottoit. La saison
        Est pour cela bien assez dure,
        Je la rechauffois dans mon sein,
        De mon haleine et sous ma main,
Lorsque je vois entrer la fille de Couture,
La petite Babet. La pauvre créature,
        En tombant sur des échalas,
Dans sa vigne, ici près, s'est déchirée le bras.
        Elle pleuroit, et sa blessure
        Saignoit beaucoup. Ce n'est pas moi
        Qu'elle demandoit ; c'étoit toi.

Voyant que tu tardois, et qu'elle étoit pressée,
Comme j'ai pu, je l'ai pansée.
　　Pour la panser, j'ai pris
　　Le baume du pot gris :
Est-ce bien celui-là ! Me serois-je trompée !
— C'est bon. Après ? — Tandis que j'étois occupée
A tout cela, ton fils, à qui j'avois donné
La fauvette à tenir, dans un coin s'est tourné,
Et puis. — Achève donc. — Et puis il l'a plumée.
　　— Quoi plumée ! — Oui, par tout le corps,
Hors les ailes pourtant. La porte étoit fermée,
Il a bien su l'ouvrir pour la mettre dehors ;
　　Elle a volé, la malheureuse ;
　　Elle voloit en gémissant.
　　J'entendois sa voix douloureuse
Qui me saignoit le cœur. Nous aurons un méchant.
Juge ce qu'il fera, s'il devient jamais grand.
Voilà, mon bon ami, ce qui me désespere.
— Aurois-tu fait cela quand tu n'étois qu'enfant !
　　Mais qui disois à tout instant :
Mon cher Antoine aura la bonté de son pere.
Aussi je l'aimois trop. Que Dieu m'en punit bien !
　　— Vas, vas, console-toi, ma chere,
　　Seche tes pleurs, et ne crains rien.
　　Il est là haut une justice
　　Aux bons parens toujours propice.
S'il doit être un méchant, les Dieux nous l'ôteront.
　　Non, jamais ils ne permettront....
Approche-toi, mon fils, viens, viens que je t'embrasse,
Que je t'embrasse, hélas ! pour la derniere fois.
Tu fais bien de pleurer : je pleure aussi, tu vois.
Mets ta main sur mon cœur ; tiens, c'étoit là ta place ;
Car je t'aimois, Antoine, et c'étoit mon bonheur.
Je ne t'aimerai plus.... Oh ! si fait, j'ai beau dire,
Je t'aimerai toujours : ce sera ma douleur.
Ciel ! j'aimerois donc un.... J'ai peur de te maudire.
Il faut les ramasser les plumes de l'oiseau,
　　Et les pendre à ce soliveau.
　　Ramasse-les, ma femme.
— Quand nous l'aimerons trop, nous les regarderons ;
　　En les regardant, nous dirons :
Il ne faut point aimer une aussi méchante ame.
Ce pauvre oiseau, mon fils, (reste sur mes genoux,)
Ce pauvre oiseau, crois-tu que la seule froidure
　　L'ait amené chez nous !
　　Non, c'est l'Auteur de la nature,

P 2

Qui le mettoit entre nos mains.
C'étoit nous ordonner de lui sauver la vie;
Il prend soin des oiseaux tout comme des humains.
Et vous l'avez plumé ! S'il me prenoit envie,
De vous envoyer nud passer la nuit au froid,
   Vous m'en avez donné le droit,
   Vous n'auriez point à vous en plaindre.
Mais je serois méchant, je vous ressemblerois,
   Et plus que vous j'en souffrirois.
Ne tremble point, mon fils, vas, tu n'as rien à craindre,
Car je sens que je t'aime, et t'aimerai toujours.
   J'espérois que dans la vieillesse
De ta mère et de moi, tu serois le secours,
   Et tu vas abréger nos jours
   Par les chagrins et la tristesse.
— Ah maman ! ah papa ! baise-moi de bon cœur;
Non, vous ne mourrez pas de chagrin, de douleur :
   Tout le bien que je pourrai faire,
   Je vous promets, je le ferai.
Je serai bon enfant, je vous ressemblerai.
   Aisément un père, une mère
Se laissent attendrir. Antoine eut son pardon :
   Il tint sa promesse, il fut bon.
   Il fut si vertueux, si sage,
   Qu'on le montroit dans le canton,
   A tous les enfans de son âge.
Un jour qu'il regardoit tristement au plancher,
Sa mère qui le vit, alla prendre une échelle.
   « Monte, mon fils, monte, dit-elle,
   » Et vas promptement détacher
» Les plumes de l'oiseau : c'est-là ce qui t'afflige;
   » Jette-les au feu, ne crains rien :
   » Ton père le veut bien. »
» Tu le veux, n'est-ce pas ! — Oui. — Jette lés, te dis-je,
   » Et il n'en reste aucun vestige.
   » — Non, maman, je les garderai;
   » A mes enfans, si Dieu m'en donne,
   » En pleurant, je les montrerai
   » En même temps, je leur dirai :
» Un jour je fus méchant, et maman fut trop bonne. »

                    PAR LE MONNIER.

INSTRUCTION

*Sur la maniere de faire lire ou réciter
les Fables aux enfants.*

C'EST un talent que de savoir bien lire les
vers. Peu de gens le possedent ; ceux même
qui versifient le mieux, souvent ne le connoissent pas. Rien ne défigure tant un morceau de
poésie, quel qu'il soit, que de le réciter en
appuyant lourdement sur chaque syllabe, en
coupant réguliérement en deux les vers alexandrins, et en s'appesantissant sur les rimes : mais
cette maniere déplaît sur-tout à l'oreille d'un
homme de goût, quand il s'agit de Fables. Ce
dernier genre est d'une si grande naïveté en soi,
la mesure des vers y est tellement arbitraire,
le ton en est si uni, si simple, si peu emphati-
que, qu'il ne semble pas exiger plus de déclamation qu'une lettre, un dialogue ou tout autre ouvrage de cette espece en prose. Toute-
fois les Fables, et principalement celles du cé-
lebre La Fontaine, renferment souvent des
tours, des figures, des finesses de sens, et des
allusions fréquentes qu'il est impossible qu'un
enfant saisisse d'abord, quoique né avec des
dispositions heureuses. Il ne seroit donc pas
raisonnable d'exiger de lui qu'il les récitât avec
tous les tons convenables.

C'est assez pour les enfants d'un âge tendre
et qui n'ont encore que la mémoire, qu'ils sa-

P 3

chent s'arrêter aux endroits où finit le sens,
et qu'ils s'habituent à bien prononcer, et à
faire en sorte que leur voix ne soit ni glapis-
sante ni rauque. On ne doit pas leur laisser
prendre à leur fantaisie un prétendu ton familier, qui estropie presque toujours le sens de
l'Auteur ; et qui n'est rien moins que familier
pour prétendre à trop l'être. C'est assez, encore une fois, qu'ils sachent articuler les mots,
et distinguer le sens de chaque phrase, suivant
les repos qui y sont ménagés ; et non pas seulement suivant la mesure des vers et la chûte
des rimes ; alors on doit être content d'eux :
c'est tout ce qu'on peut raisonnablement leur
demander.

Une chose plus commune dans les Fables,
que dans toute autre espece de poëme, excepté dans les drames, c'est que les dernieres
syllabes d'un vers, indépendantes des premieres pour la continuité exacte du sens, sont liées
avec une partie du vers suivant ; ou avec le vers
entier et même avec quelques autres encore ;
auquel cas on doit prononcer de suite cette
moitié de vers et tout ce qui compose le corps
de la phrase, sans faire seulement attention à
la rime. C'est ce qui rend difficile la lecture de
ce genre de poésie, où l'on se donne plus de
liberté que dans les genres élevés, et où cette
liberté même est la source d'un grand nombre
de beautés : voilà ce qu'il faut s'étudier à bien
apprendre aux enfants.

Que l'un d'eux ait à réciter la Fable intitu-
lée *le Chat*, *la Biche* et *le petit Lapin* ; il faut
l'arrêter à tous les repos, dès qu'on veut qu'il

la récite, sinon avec toutes les graces imagi-
nables, du moins avec quelque bon sens :

> Eu palais d'un jeune lapin
> Dame belette un beau matin
> S'empara.

Il y a ici un point que l'enfant doit marquer,
malgré la mesure du vers qui se trouve rompue
par ce repos, dont l'énergie est admirable :

> C'est une rusée.

Cette petite réflexion doit être détachée par
le récit.

> Le maître étant absent ce lui fut chose aisée.

Autre repos. Tout le commencement de cette
fable demande à être coupé par celui qui récite, à mesure qu'il se rencontre des points
qui terminent le sens. Mais lorsqu'une fois l'auteur fait parler la belette, comme son dessein
a été de peindre le caquet de ce petit animal
femelle, et que tout ce qu'il lui fait dire est
extrêmement serré, et presque sans aucun intervalle sensible, l'enfant ne doit pas s'arrêter ; par la raison pour lui, qu'il n'y a pas de
points dans ce petit discours : c'étoit un beau
sujet de guerre, qu'un logis où le lapin n'en-
troit qu'en rampant !

> Et quand ce seroit un royaume,
> Je voudrois bien savoir, dit-elle, quelle loi
> En a pour toujours fait l'octroi
> A Jean, fils ou neveu de Pierre ou de Guillaume ;
> Plutôt qu'à Paul, plutôt qu'à moi !

On sent que tout cela doit être dit de suite ;
et assurément en n'exigeant que cette attention

d'un enfant, on aura lieu d'être fort satisfait
de lui, s'il partage ainsi le bon sens de chaque
endroit d'une des plus jolies Fables du monde,
et de toutes celles qu'on pourra lui faire apprendre par cœur pour exercer sa mémoire. Les
tons viendront après. Il ne lui faut parler ni
de pieds, ni d'hémistiches, ni de rimes. On ne
doit sentir que fort légérement ces choses, en
écoutant réciter des Fables.

Tantôt c'est le singe de la foire, qui tâche
d'attirer des spectateurs :

. . . . Venez, de grace,
Venez, Messieurs,
          Je fais cent tours de passe-passe.
Cette diversité dont on vous parle tant,
Mon voisin Léopard l'a sur soi seulement.
Moi, je l'ai dans l'esprit :
               Votre serviteur Gille,
     Cousin et gendre de Bertrand,
     Singe du Pape en son vivant,
     Tout fraîchement dans cette ville,
Arrive en trois bateaux, exprès pour vous parler,
Car il parle ;
     On l'entend :
          Il sait danser, baller,
     Faire des tours de toute sorte ;
Passer en des cerceaux ;
          Et le tout pour six blancs :
Non, messieurs, pour un sou.
               Si vous n'êtes contens,
Nous rendrons à chacun son argent à la porte.

Tantôt c'est le Savetier interrogé par un
homme de finance ;

. . . . Or ça, sire Grégoire,
Que gagnez-vous par an)
               Par an ! ma foi, monsieur,
     Dit avec un ton rieur,
Le gaillard savetier,)—
          Ce n'est pas ma maniere
De compter de la sorte,
          Et je n'entasse guere

Un jour sur l'autre :
                    Il suffit qu'à la fin,
    J'attrape le bout de l'année.
    Chaque jour amene son pain.
Eh bien ! que gagnerez-vous , dites-moi, par journée !
Tantôt plus , tantôt moins :
                        Le mal est que toujours
(Et sans cela nos grains seraient assez honnètes ,)
Le mal est que dans l'an s'entremêlent des jours
    Qu'il faut chômer :
                    On nous ruine en fêtes.
L'une fait tort à l'autre :
                    Et monsieur le Curé
De quelque nouveau Saint charge toujours son prône.

Ici c'est le roseau plaint d'une maniere un
peu insultante par le chêne :

La nature envers vous me semble bien injuste !
Votre compassion, lui répondit l'arbuste,
Part d'un bon naturel ;
                    Mais quittez ce souci.
Les vents me sont moins qu'à vous redoutables.
Je plie et ne rompt pas.
                    Vous avez jusqu'ici
    Contre leurs coups épouvantables
    Résisté sans courber le dos ;
Mais attendons la fin ;
                    Comme il disoit ces mots,
Du bout de l'horison accourt avec furie
    Le plus terrible des enfans
Que le nord eût porté jusques-là dans ses flancs.
    L'arbre tient bon ;
                    Le roseau plie ;
    Le vent redouble ses efforts,
    Et fait si bien qu'il déracine
Celui de qui la tète au ciel étoit voisine,
Et dont les pieds touchoient à l'empire des morts.

Ailleurs , c'est la grenouille qui pour égaler
le bœuf en grosseur :

Envieuse s'étend ;
        Et s'enfle ,
                Et se travaille ,

Disant :

　　　　Regardez bien, ma sœur :

Est-ce assez, dites-moi !

　　　　　　　　N'y suis-je point encore ?

Nenni

　　M'y voici donc !

　　　　　Point du tout.

　　　　　　　　M'y voilà ?

Vous n'en approchez pas.

　　　　　La chétive pécore

　S'enfla si bien qu'elle creva.

Il est incontestable que de tels morceaux lus
ou récités simplement comme ils sont imprimés ici, indépendamment des tons qui conviennent au discours, auront toujours assez de
grace dans la bouche d'un enfant, et feront
voir en lui, sinon beaucoup de goût, du moins
assez de bon sens et d'intelligence. Et que veut-
on de plus à son âge ? Attendons que l'esprit
et la raison soient formés en lui, et alors nous
lui permettrons d'essayer de faire sentir aux
autres les beautés qu'il sentira lui-même. Alors
le sens lui rendra raison des points ; au lieu
que quand il étoit encore enfant, les points
lui rendoient raison du sens : il séparera, de
même qu'autrefois, les phrases les unes des
autres ; mais avec cette différence qu'il en-
trera dans l'esprit de l'auteur, en les distin-
guant par des repos.

dira comme il faisoit jadis :

　　Du palais d'un jeune lapin
　　Dame belette un beau matin
　　S'empara.

Mais ce ne sera plus uniquement parce qu'il
y a un point après ce mot *s'empara*, qu'il s'y
arrêtera : ce sera plutôt parce que ce mot peint
l'action de la belette, et qu'il est rejetté à l'au-

A cette maniere intelligente de couper les vers sans aucun égard à la mesure, et seulement suivant que le sens l'exige, il joindra les tons qui sont comme les couleurs dans un tableau.

Mais ceci est un nouveau travail qui demande une attention extrême, un esprit fin, un goût sûr, et pour lequel il faut des détails dont cet ouvrage n'est pas susceptibls.

~~~~~~~~~~~~~~~~~~~~~~~~~~~~~~

INTRODUCTION
A L'ÉTUDE DE L'HISTOIRE
ET DE LA GÉOGRAPHIE,
Ou explication des termes propres à ces deux Sciences.

TERMES PROPRES A L'HISTOIRE.

L'HISTOIRE embrasse la connoissance des événemens et des faits qui se sont passés dans l'Univers depuis le moment de sa création. Cette connoissance nous a été transmise par tradition ou par écrit.

Premiere division de l'Histoire en général.

La tradition, autrement dite l'histoire orale ou de bouche est le recueil des récits faits par les premiers hommes à leurs enfans de tout ce qui étoit arrivé digne de remarque pendant le cours de leur vie.

L'histoire écrite comprend tous les faits dont la mémoire s'est conservée par l'écriture ou par quelqu'autre signe expressif ou permanent.

L'histoire en général a pour objets,

1.° Les faits considérés en eux-mêmes, indépendamment de toute autre attention ;

2.° Les différens degrés de certitude, qui forment plus ou moins de probabilité ;

3.° L'ordre des temps ou la chronologie qui les lie, en observant entr'eux la distance précise qui les sépare;

4.° La description des lieux ou la géographie, qui assigne aux événemens leur véritable place dans l'Univers.

Premier objet de l'Histoire.

Les faits considérés en eux-mêmes émanent de Dieu, de l'homme ou de la nature. Emanés de Dieu, ils appartiennent à l'histoire sacrée. Œuvres des hommes, ils appartiennent à l'histoire profane. Effets de la nature, ils appartiennent à l'histoire naturelle.

L'histoire sacrée a pour objet le rapport immédiat et direct de l'Etre-Suprême avec les créatures.

Cette histoire se divise en histoire ecclésiastique proprement dite, et en histoire des prophéties.

L'histoire ecclésiastique proprement dite, est celle des faits dont l'événement a précédé le récit.

L'histoire des prophéties est celle dont le récit a précédé et annoncé l'événement.

L'homme, considéré dans ses rapports avec Dieu, présente le tableau de sa soumission ou de ses infidélités aux lois de son créateur; ce qui forme l'histoire ou le recueil de tous les préceptes divins ou naturels : ou, il retrace l'histoire de l'exactitude ou de l'oubli de l'hommage dû à la Divinité, et celle des changemens légitimes ou criminels introduits dans

Q

le culte ; ce qui forme l'histoire de la religion.

Dieu en divers temps a donné trois lois différentes. Ces lois sont, la loi de nature non écrite, donnée à tous les hommes ; la loi de nature écrite, donnée aux Juifs, nation par lui choisie à l'exclusion des autres peuples ; et la loi de grace également donnée au Fidele et à l'Idolâtre, aux Juifs et aux Gentils.

La loi de nature non écrite commença à la création et dura jusqu'au vingt-sixieme siecle. La loi de nature écrite, fut dictée par Dieu même à Moïse, pour remplacer la loi de nature non écrite, que la plupart des hommes avoient défigurée. La loi de grace vint suppléer à l'insuffisance de la loi de nature écrite. C'est à la naissance de J. C., au quarantieme siecle que le genre humain est redevable de ce bienfait.

De ces trois lois naquirent trois religions ; la Naturelle, la Juive et la Chrétienne. La religion Naturelle, défigurée, produisit le paganisme, et Mahomet forma la sienne du mélange absurde des trois religions.

L'histoire profane embrasse toutes les actions générales ou particulieres des différentes sociétés humaines, leurs établissemens, leurs alliances entr'elles, leurs guerres, leurs vices, leurs vertus, leurs découvertes, leurs observations, et par conséquent tous les différens progrès du génie et des arts. L'histoire naturelle est celle de tous les effets de la nature considérée dans toutes ses parties, depuis les astres jusqu'aux animaux et aux végétaux.

L'histoire universelle est celle qui réunit les événemens sacrés, profanes et naturels.

Second objet de l'Histoire. Les preuves de sa certitude.

La certitude que produit l'histoire orale ou de bouche, dérive de la persuasion où l'on a été dans chaque âge que les faits dont elle nous a conservé le souvenir, avoient passé de générations en générations sans aucune altération; la tradition qui en a perpétué la mémoire ayant été générale, constante, et remontant jusqu'au temps des événemens mêmes.

C'est par l'existence des monumens, par les actes, les titres, les pieces écrites du temps des événemens, par les ouvrages des différens historiens qui ont été témoins des faits qu'ils racontent, ou qui ont travaillé sur les mémoires de ceux qui les avoient vus, que l'histoire écrite établit la certitude des faits qu'elle nous a transmis.

Troisieme objet de l'Histoire. La Chronologie.

La chronologie forme la chaîne générale des événemens que l'histoire reproduit, pour ainsi dire, dans l'ordre des temps où ils sont arrivés.

L'histoire, conduite par la chronologie, est la science des temps, des dates et des époques.

Le temps se partage en jours, en semaines, en mois, en années et en siecles.

L'on appelle jour une révolution de vingt-quatre heures: une semaine en comprend sept. Une année est composée de trois cents soixante-cinq jours, ou de douze mois. Cent années forment un siecle.

Les Grecs partageoient leurs temps histori-ques par Olympiades. C'étoient des espaces de

Q 2

quatre ans, qui se comptoient d'une célébration des jeux olympiques à l'autre.

C'est à l'établissement du cens terminé par une purification qu'on nommoit *lustrum*, qu'on fait remonter chez les Romains l'usage de compter par lustres. Ce dénombrement se faisoit tous les cinq ans. Un lustre est une période de cinq années.

Le temps divisé en siecles, en années, en mois, en semaines et en jours, est la continuité de la durée des êtres.

Les dates sous lesquelles les événemens sont rangés, sont les différens points de cette durée.

Les époques sont prises des dates de quelques événemens plus remarquables que les autres, déterminées par les chronologistes.

Il y a trois systèmes de chronologie, qui étendent et resserrent l'espace de temps qui s'est passé entre la création et l'année où nous vivons. Ces trois systèmes ont pris leurs noms des différens textes de l'Ecriture sainte qu'ils suivent, qui sont le texte Hébreux, le texte Samaritain, et le texte des Septante.

La chronologie des Septante assigne au monde une durée de 7435 ans ; le texte Samaritain compte 6501 ans ; la chronologie du texte Hébreu que nous suivons, borne cette durée à 5805 ans.

Les temps plus ou moins éloignés donnent à l'histoire le caractere d'ancienne ou de moderne.

Seconde division de l'Histoire en général. Durée du temps qu'elle embrasse.

L'Histoire ancienne est celle des événemens qui ont précédé la naissance de Jésus-Christ.

L'histoire moderne est celle qui rapporte ce qui est arrivé depuis J. C. jusqu'à ce jour.

On compte quarante siecles ou quatre mille ans, depuis la création jusqu'à la naissance du Messie, et dix-huit siecles environ depuis cet événement jusqu'à nous; ce qui forme en tout cinquante-huit siecles.

Troisieme division de l'Histoire par ses différens âges.

L'histoire ancienne et moderne se divise ordinairement en âges et en époques. Ces âges et ces époques sont marqués par des événemens fameux.

On compte sept âges du monde.

Le premier âge a commencé à la création et finit au déluge, au dix-septieme siecle.

Le second âge dure depuis le déluge universel jusqu'à la vocation d'Abraham, au vingtunieme siecle l'an 2083, pendant une suite d'un peu plus de quatre siecles ou de 427 ans.

Le troisieme âge commençant à Abraham finit à Moïse au vingt-sixieme siecle, ou l'an 2513; sa durée est d'un peu plus de quatre siecles, ou de 430 ans.

Le quatrieme âge a commencé à la sortie des Israëlites de l'Egypte, et a fini au regne de Salomon, au trentieme siecle, ou l'an 3000, après une durée de près de cinq siecles, ou de 487 ans.

Le cinquieme âge comprenant une durée de plus de quatre siecles et demi, ou de 468 ans, commence à la consécration du premier temple bâti en l'honneur du vrai Dieu, par Salomon,

Q 3

et finit au rétablissement des Juifs au trente-cinquieme siecle, l'an 3468.

Le sixieme âge finissant à la naissance de JesusChrist, au quarantieme siecle, ou l'an 4000, a duré depuis la fin de la captivité des Juifs, pendant un espace de plus de cinq siecles, ou de 532 années.

Le septieme âge a commencé à la naissance du Messie, et dure encore.

Quatrieme division de l'Histoire en dix-neuf époques.

C'est l'histoire sacrée qui fournit les événemens dont les sept âges portent le nom, il n'en est pas de même des époques prises indistinctement dans l'histoire sacrée et dans l'histoire profane. Ces époques au nombre de dix neuf, sont:

Premiere époque : la création de l'Univers. Cette époque dure seize siecles et demi ; elle finit au déluge, au dix-septieme siecle.

Seconde époque : le déluge arriva l'an 1656, au dix septieme siecle. Cette époque dure 427 ans, et finit à la vocation d'Abraham.

Troisieme époque : la vocation d'Abraham au vingt-unieme siecle, l'an 2083. Cette époque dure 430 ans ; elle finit à Moïse ou au temps de la loi écrite.

Quatrieme époque : Moïse ou la loi écrite, au vingt-sixieme siecle, l'an 2513. Cette époque finit à la prise de Troye ; elle dure 307 ans.

Cinquieme époque : la ruine de Troye, au vingt-neuvieme siecle, l'an 2802. Cette époque finit à la construction du Templs, et dure 180 ans.

Sixieme époque : le Temple de Jérusalem , bâti au trentieme siecle, l'an 3000. Cette époque finit à la fondation de Rome ; elle dure 250 ans.

Septieme époque : Rome fondée par Romulus , au trente-troisieme siecle, l'an 3250. Cette époque finit à Cyrus , ou au rétablissement des Juifs ; elle dure 218 ans.

Huitieme époque : Cyrus ou le rétablissement des Juifs, au trente-cinquieme siecle, l'an 3468. Cette époque dure 180 ans ; elle finit à la naissance d'Alexandre.

Neuvieme époque : la naissance d'Alexandre le Grand , au trente-septieme siecle ; ou l'an 3648. Cette époque finit à la destruction de Carthage ; elle dure 210 ans.

Dixieme époque : la destruction de la ville de Carthage par Scipion-Emilien , au trente-neuvieme siecle , l'an 3858. Cette époque dure 142 ans ; elle finit à la naissance de Jesus-Christ.

Onzieme époque : la naissance du Messie , quarantieme siecle , l'an 4000. Cette époque dure 316 ans ; elle finit à Constantin.

Douzieme époque : Constantin , ou la paix rendue à l'Eglise par cet Empereur , au quarante-quatrieme siecle , ou l'an 312 de l'Ere vulgaire. Cette époque finit à la fondation de la monarchie française ; elle dure 169 ans.

Treizieme époque : fondation de la monarchie française par Clovis, au quarante-cinquieme siecle , l'an de l'Ere vulgaire 481. Cette époque finit à Charlemagne ; elle dure 329 ans.

Quatorzieme époque : Charlemagne , ou fondation du nouvel empire d'Occident , au quarante-huitieme siecle, l'an de l'Ere vulgaire 800.

Cette époque dure 187 ans ; elle finit à Hugues Capet.

Quinzieme époque : Hugues-Capet, ou troisieme race des Rois de France sur le trône, au cinquantieme siecle, l'an de l'Ere vulgaire 987. Cette époque finit à Saint Louis ; elle dure 283 ans.

Seizieme époque : Saint Louis, ou la fin des croisades, dont la derniere au cinquante troisieme siecle, ou l'an de l'Ere vulgaire 1270. Cette époque finit à Henri IV ; elle dure 323 ans.

Dix - septieme époque : Henri IV, ou la branche des Bourbons sur le trône de France, au cinquante - sixieme siecle, l'an 1589 de l'Ere vulgaire. Cette époque dure 49 ans ; elle finit à Louis XIV.

Dix-huitieme époque : la naissance de Louis XIV, au cinquante-septieme siecle, l'an de l'Ere vulgaire 1638. Cette époque dure 72 ans.

Dix - neuvieme époque : la naissance de Louis XV, au cinquante-huitieme siecle, l'an de l'Ere vulgaire 1710. Cette époque a duré 64 ans.

Définition des différentes Eres.

Les Espagnols ont introduit dans la chronologie l'usage des Eres. Les Eres sont des époques déterminées par différentes Nations, et adoptées par elles pour fixer l'éloignement des faits qui ont suivi les événemens mémorables d'après lesquels elles ont commencé à compter leurs années.

Les Eres les plus remarquables sont la premiere olympiade.

L'Ere de Nabonassar, roi de Babylone, qui a commencé à régner au trente-troisieme siecle, l'an 3257.

L'Ere des Seleucides, connue sous le nom des *années des Grecs*, et adoptée par les Juifs soumis à la domination de ces peuples. Elle a commencé au trente-septieme siecle, ou l'an 3692.

La premiere année Julienne, au quarantieme siecle. Cette année commence à la réformation du calendrier par Jules-César, l'an 3959.

L'Ere d'Espagne au quarantieme siecle, commence à la réduction entiere de cette partie de l'Europe sous la puissance des Romains, l'an 3966.

L'Ere vulgaire, imaginée par *Denys le Petit*, commence au quarante unieme siecle, ou l'an 4004 du monde. Cette année répond à la quatrieme année de Jesus-Christ.

L'Ere de Dioclétien, commence au quarante-troisieme siecle, ou l'an 284 de l'Ere vulgaire.

L'Hégire, ou la fuite de Mahomet, arrivée le 16 Juillet de l'an 622 de l'Ere vulgaire. Cette Ere, suivie par les Arabes, commence au quarante-septieme siecle.

Cinquieme division de l'Homme en ses différentes périodes.

Le peu d'événemens que présente l'histoire des temps qui ont précédé le déluge, l'incertitude de ceux qui sont arrivés dans les siecles qui l'ont suivi, ont fait partager l'histoire en trois grandes périodes. La premiere, depuis la création jusqu'au déluge, remplit un espace de dix-sept siecles et demi. La seconde, depuis le déluge jusqu'à la premiere olympiade, comprend une révolution d'environ seize siecles. La troisieme, depuis la premiere olympiade jusqu'à présent, embrasse une durée de plus de vingt-cinq siecles et demi.

La premiere période est presqu'entiérement inconnue ; on ne découvre rien dans les historiens de relatif à cette période, qui puisse présenter un caractere de vérité, excepté dans deux ou trois écrivains cités par Joseph, dont les récits touchant le déluge et les temps qui l'ont précédé, s'accordent à plusieurs égards avec les écrits de Moïse.

La seconde période est le temps héroïque ou fabuleux, ainsi nommé à cause des fables qui se trouvent mélées dans l'histoire de ce temps. C'est dans cet intervalle qu'il faut placer l'origine des dieux et des héros que les peuples ont honorés d'un culte particulier.

La troisieme période est la période historique ; depuis ce temps, la plupart des événemens se trouvent assujettis à des dates réglées. On peut recourir aux mouvemens publics, cousulter et comparer les témoignages, des historiens contemporains, et présenter avec confiance le tableau véritable des révolutions de l'Univers.

Il faut observer que cette division de l'histoire en temps historiques, fabuleux et inconnus ne peut convenir qu'à l'histoire profane, et ne pas perdre de vue que l'histoire sainte, fondée sur la révélation, la tradition, et le témoignage constante de toute une nation sub-

sistante en corps, témoignage contre lequel
nul des Hébreux n'a jamais réclamé, porte
avec elle les marques les plus évidentes de
cette vérité incontestable.

Sixieme division de l'Histoire en millénaires et en siecles.

La division la plus naturelle de l'histoire,
partage la durée des temps qui nous séparent
de la premiere époque en six millénaires, composés chacun de mille ans ou de dix siecles,
placés perpendiculairement les uns sur les autres. Dans cette division, les cinquante - sept
siecles et demi qui se sont écoulés depuis la
formation du monde, sont distingués par des
dénominations particulieres : ces dénominations sont prises des événemens les plus remarquables, des découvertes et des institutions les
plus utiles à l'humanité.

Quatrieme objet de l'Histoire. La Géographie.

Le secours de la Géographie est indispensa-
blement nécessaire à l'intelligence de l'histoire;
c'est par la descriptions des différentes parties
du globe, qu'on peut acquérir une connoissance exacte et précise des événemens qu'elle
a rapportés.

TERMES PROPRES A LA GÉOGRAPHIE.

DANS le temps de la création, la terre a été séparée des eaux ; le soleil et les astres ont été placés dans le firmament, suivant les ordres de l'Arbitre de l'Univers. La considération de ces merveilles, leur description, voilà quel est l'objet de la Géographie. Elle embrasse toutes les différentes parties du globe terrestre, leur rapport avec le ciel, et tout ce qui, sur la surface de la terre, tire son origine de l'institution des hommes. Ainsi cette science peut être divisée d'abord en géographie naturelle, en géographie astronomique, en géographie historique.

GÉOGRAPHIE NATURELLE.

La géographie naturelle est la description simple de la terre et de l'eau. Elle désigne les divisions que ces deux élémens ont formées sur la surface du globe. Elle représente la mer, les continens, les isles, les isthmes, les détroits, les fleuves, les lacs, les montagnes.

La géographie naturelle ou la description du globe, comprend la géographie proprement dite et l'hydrographie.

La géographie proprement dite, est la description particuliere de la terre. L'hydrographie, est la description particuliere de l'eau.

La géographie proprement dite, admet encore une autre division, lorsqu'on la considere par rapport à l'étendue du pays qu'elle entreprend de décrire. Embrasse t-elle la description

générale

générale du globe, c'est la Cosmographie. S'arrête-t-elle aux détails principaux d'une partie considérable de la terre : on la nomme Chorographie. Marque-t-elle toutes les particularités d'une étendue de terrein de médiocre grandeur, on la distingue sous la dénomination de Topographie.

Le globe terrestre se partage en terre ferme et en mers. Les plus grandes étendues de terre environnées d'eau s'appellent continens ou Terres fermes. La mer est cet amas immense d'eau qui environne les continens.

L'assemblage des eaux de toutes les mers s'appelle l'Océan. Le nom d'Océan, qui semble devoir être commun à toutes les mers, est appliqué particuliérement à celle qui environne l'ancien continent.

Les deux portions générales du globe, apellées Terre ferme et Mer, s'étendent réciproquement l'une dans l'autre. Toutes deux ont des limites qui les circonscrivent et les bornent. Les noms de circonscriptions sont différens et opposés, quoiqu'ils aient quelques rapports entr'eux. La terre s'avance dans l'eau ; l'eau à son tour s'avance dans la terre. Il y a des parties de terre absolument environnées d'eau ; on trouve des assemblages d'eaux que la terre entoure de tous côtés.

La mer qui embrasse les continens, en pénétrant leur intérieur, forme, par le partage de ses eaux, des mers inférieures, auxquelles on donne les noms de M.......... Méditerranée, de Golfes, de Baies, d'anses.

On appelle Mer Méditerranée une portion

R

considérab'e des eaux de la mer qui sépare plusieurs régions de la terre, entre lesquelles elle se t ouve resserrée. Un Golfe est une portion de la mer qui s'avance dans les terres, excepté dans un endroit par où elle communique à la mer ou à quelque autre golfe. La baie est un diminutif du golfe. L'anse est un diminutif de la baie.

La communication de ces différentes parties de la mer se fait par des canaux que l'on appelle Détroits, à cause de leur peu d'étendue entre les terres qui les resserrent. On les désigne encore par les mots de Manche, de Pas, de Canal, de Pertuis, de Bosphore, d'Euripe.

On divise la mer en haute mer et en rivages. On appelle haute mer la partie éloignée des terres. On désigne, sous le nom de rivages, les parties de la mer qui baignent les côtes, et qui regnent le long des terres. On donne aussi communément le nom de rivages aux terres qui sont lavées par les eaux de la mer.

Les rivages présentent ou des Ports, qui sont des portions de la mer resserrées dans les terres, qui servent de retraite aux vaisseaux contre le mauvais temps, ou des Rades qui sont des espaces de mer peu éloignées des terres, où les vaisseaux peuvent mouiller et être à l'abri de certains vents ; ou des Plages, qui sont des surfaces d'eau de médiocre hauteur, étendues sur un terrein uni ; ou des Falaises, qui sont des endroits où la mer vient se briser contre des bords escarpés. La mer, en baignant les rivages, y rassemble d'espace en espace des collines de sable ou de cailloutage qu'on appelle Dunes.

On trouve encore sur le globe terrestre des amas ou des courans d'eau qui n'appartiennent point à la mer, quoique quelques-uns s'y précipitent. On appelle Lac une étendue d'eau réunie au milieu des terres, sans aucune issue et sans aucun cours. Il sort d'une infinité d'endroits de la terre, des sources qui se rassemblent dans leurs cours et forment des Canaux qu'on appelle Rivieres ou Fleuves. La longueur du cours, la largeur du lit, distinguent les fleuves des rivieres. Les fleuves sont plus considérables. Ces courans d'eau se perdent les uns dans les autres, ou vont se jeter dans la mer. On appelle embouchure le lieu où leurs eaux se mêlent, soit avec les eaux d'une riviere, soit avec celle d'un lac, soit avec celles de la mer.

Les torrens sont des especes de lits de riviere qui se remplissent par intervalles, des eaux provenantes des pluies ou de la fonte des neiges, et qui demeurent à sec après leur écoulement.

Les rivieres sont comme le reste de la surface de la terre. Leurs lits ne sont pas toujours unis; il en est où il se rencontre des hauteurs. Ces inégalités suspendent le cours des eaux qu'elles rassemblent en plus grande quantité : devenues plus rapides et plus élevées par cet accroissement, elles franchissent les obstacles qui les arrêtoient, et se précipitent avec impétuosité. On appelle ces hauteurs Cataractes. Les plus connues sont celles du Nil.

Indépendamment des rivieres et des lacs formés par la nature, il y a des amas ou des cours d'eau formés par les hommes, qu'on peut regarder comme des rivieres ou des lacs artificiels.

R 2

On nomme Canal un courant d'eau qui coule dans un lit creusé par l'industrie humaine. On nomme Étang une pièce d'eau rassemblée dans une espace de terre où l'on a pratiqué un bassin pour lui servir de réservoir.

Ainsi que la masse des eaux prend divers noms, suivant la situation de ses parties et les différentes figures qu'elle décrit sur le globe, la terre partagée en diverses portions par le contour des eaux qui l'embrassent, ou par sa propre configuration, est désignée par des noms qui indiquent cette différence.

On donne le nom d'Isles à toutes les parties du globe qui s'élevent au-dessus de la surface des eaux dont elles sont exactement environnées.

On appelle Cap, Promontoire, Péninsule, toutes partie de terre qui s'avance dans la mer.

Une Péninsule, ou presqu'isle, que les anciens appeloient chersonnese, est une portion de terre environnée de tous côtés, excepté en un seul endroit, par lequel elle a communication, soit avec la terre ferme, soit avec une autre presqu'isle.

Un Cap est une pointe de terre élevée, qui s'avance dans la mer : on le distingue du promontoire, en ce qu'il est plus élevé. Il faut observer qu'on appelle pointe toute terre avancée dans la mer, terminée par une pointe ou non.

Un Isthme est une langue de terre qui joint une presqu'isle à la terre ferme, ou à d'autres presqu'Isle. On nomme isthme généralement toutes portion de terrein resserrée entre deux mers, qui réunit deux continens.

La terre ferme comprend quatre grands continens; l'ancien, le nouveau, les terres austra-
les connues ou soupçonnées, et les terres arc-
tiques, dont la configuration est encore bien
moins déterminée.

Nous ne connoissons jusqu'ici que deux continens l'ancien et le nouveau.

On comprend sous le nom d'ancien continent, cette portion du globe que nous habitons, et qui depuis la création a été connue
en tout ou en partie. Cet ancien continent
n'occupe guere que la septieme partie de la
surface de la terre. On la divise en trois parties;
l'Europe, l'Asie, l'Afrique. Le nouveau continent est une autre grande partie de la terre,
séparée de celle que nous habitons par l'Océan.
Il fut découvert au cinquante-cinquieme siecle
par Christophe Colomb, Génois. On lui a
donné le nom d'Amérique.

L'Europe est la partie la moins étendue de
celles qui composent l'ancien continent; elle
peut avoir dans sa surface trois cents cinquante-
sept mille lieues quarrées, chaque lieue de trois
mille pas géométriques.

L'Asie est la plus considérable des trois parties de l'ancien continent; elle a quatre-fois
plus d'étendue que l'Europe. Sa surface comprend environ douze cents vingt mille lieues
quarrées.

L'Afrique contient au moins deux fois et
demi l'étendue de l'Europe; sa surface est de
huit cent soixante treize mille lieues quarrées.

L'étendue de l'Amérique est à-peu-près égale
à celle de l'Europe et de l'Asie prise ensemble.

R 3

Ces parties de la terre se divisent en grandes et moyennes régions. Les moyennes régions se subdivisent encore en portions plus petites qu'on appelle Pays et Contrées.

On distingue les régions en hautes et basses, suivant leurs différentes situations près de la mer dont elles sont bornées, le cours des rivières qui les traversent, ou les montagnes qu'elles contiennent.

La terre, relativement à la mer qui l'environne, se divise en terres intérieures et en terres maritimes ou côtes.

Les inégalités qui se rencontrent sur la surface de la terre sont désignées par les noms de Montagnes, de collines et de plaines. On appelle montagnes toute élévation de terrein, portée jusqu'à une hauteur considérable. On donne le nom de Chaîne à la jonction de plusieurs montagnes contiguës les unes aux autres. La terre renferme dans son sein des amas de matieres combustibles ; ces matieres s'enflamment et s'ouvrent ces passages sur la superficie du globe. Les montagnes où se rencontrent quelques unes de ces ouvertures, sont désignées sous le nom de Volcans.

Les éminences de terre d'une élévation médiocre s'appellent Collines. Les Côteaux sont des diminutifs des collines. On appelle Terres les plus petites éminences.

On nomme Pas, Cols et Gorges, les passages qui séparent les montagnes.

Les terrains unis, situés au pied des montagnes, sont appellées Vallées. Les prairies sont les fonds qui forment ces terrains. Lorsque ces

fonds se trouvent situés entre deux collines dont
la pente est douce, on les appelle des Vallons.

On donne le nom de Plaine généralement à
tout terrain uni. On appelle campagne une
plaine d'une très grande étendue.

On appelle désert toute partie de terre sté-
rile et inhabitée.

Il se trouve sur les montagnes et dans les
plaines des terrains entièrement couverts d'arbres. On donne généralement à ces terrains le
nom de Bois. Ceux qui sont de la plus vaste
étendue, sont désignés sous celui de Forêts.

GÉOGRAPHIE ASTRONOMIQUE.

Ce Globe que nous habitons, d'une si vaste
étendue par rapport à nous, et qui ne forme
qu'un point dans l'immensité de l'Univers dont
il fait partie, est suspendu dans les plaines de
l'air, et soutenu par cette même puissance qui
maintient les lois invariables de l'équilibre de
tous les corps. Sa figure est sphérique, c'est-
à-dire, ronde ; nous ne pouvons juger de sa
rondeur. Le court espace dans lequel notre
vue s'étend est infiniment borné en comparaison du reste que nous ne voyons pas ; il ne
permet à nos foibles yeux d'appercevoir ce
qui les frappe, que dans l'apparence d'une figure plane qui s'agrandit de plus en plus à proportion que l'on est plus élevé.

Comme il n'y a aucune position fixe d'où l'on
puisse déterminer la situation absolue des différentes parties de la superficie du globe terrestre, on ne peut conséquemment y prendre des
dimensions précises qui puissent assigner et ré-

gler leurs distances entre elles. Pour suppléer à
ce défaut, ou a imaginé dans le ciel divers cercles qui servent à le diviser en parties déterminées, et qui donnent en même temps les po-
sitions fixes et nécessaires. On s'est servi de ces
mêmes cercles pour partager la terre, en les
appliquant aux lieux qui paroissent répondre
aux cercles marqués dans le ciel. La détermi-
nation de ces cercles et la considération des
différens rapports de la terre au ciel, forment
l'objet de la géographie astronomique.

Les principaux cercles sont l'Equateur, le
Méridien, l'Horison, les Tropiques, les cercles polaires.

L'équateur est un cercle qui partage le globe
en deux portions égales ; il est éloigné de qua-
tre-vingt-dix degrés des extrémités de la terre
ou pôles. On l'appelle équateur, parce, que
quand le soleil se trouve dans ce cercle, il y
a équinoxe par toute la terre, c'est-à-dire,
égalité de jour et de nuit.

On appelle Pôles du monde les deux extrémités de l'axe ou de l'essieu sur lequel la révolution du ciel paroît s'accomplir dans l'espace
de vingt-quatre heures. Ces deux extrémités ne
décrivent point de cercles. Les deux pôles sont
désignés par des noms différens : l'un s'appelle
le pôle arctique, nom qui lui a été donné de
deux constellations sous lesquelles il se trouve
situé, qui sont un assemblage de plusieurs
étoiles nommées par les Grecs *Arctos* ; expression qui répond à celle d'Ourse en français. L'extrémité de la terre opposée au pôle
arctique, se nomme le pôle antarctique.

On a dû observer par les définitions précédentes, que l'équateur, autrement appelé ligne
équinoxiale ou simplement ligne, est un cercle
que l'on conçoit sur la surface de la terre, et
qui répond à l'équateur du ciel; les pôles sont
les deux points qui terminent les extrémités de
son axe. L'axe ou l'essieu est une ligne droite
que l'on suppose traverser la terre par le cen-
tre, et aboutir aux deux surfaces opposées de
sa superficie, précisément semblable à l'axe ou
essieu qui traverse le moyeu d'une roue.

Le temps que l'on nomme midi dans chaque
contrée est celui où le soleil, dans le cours de
sa révolution journalière, se trouve parvenu
sous le méridien qui traverse cette contrée. Le
Méridien est un cercle qui sépare le monde en
deux moitiés, et que l'on conçoit passer par
le pôle du monde, et par le pôle de l'horison,
qu'il coupe en deux points diamétralement opposés; ces deux points se nomment septentrion et Midi, ou Nord et Sud. La partie du
monde qui s'étend depuis l'équateur jusqu'au
pôle arctique, se nomme Septentrionale ou
Boréale, ou la partie du Nord; l'autre moitié
du globe se nomme Méridionale ou Australe,
ou la partie du Sud.

L'horison est le cercle qui sépare la moitié du
ciel visible de l'autre moitié qui ne l'est pas. Il
sert à marquer le lever et le coucher des astres.

Le point de l'horison auquel le soleil paroît
répondre à l'instant de son lever, les jours des
équinoxes, est ce qu'on appelle le vrai Orient.
Le point du même cercle diamétralement op-
posé, se nomme l'Occident vrai : ces deux

points forment avec le Septentrion et le Midi,
les quatre points Cardinaux.

Il y a autant d'horisons qu'il y a de points
sur la superficie du globe terrestre : mais il faut
qu'il y ait une certaine distance entr'eux, pour
que leur différence soit sensible.

Les tropiques sont deux cercles inférieurs à
l'équateur, dont ils sont éloignés de 28 degrés
29 minutes. Il y en a deux, celui du Cancer ou
de l'Ecrevisse, placé dans la partie septentrionale ; et celui du Capricorne, placé dans la
partie méridionale.

Les cercles polaires sont des cercles éloignés
des pôles du monde, de 23 degrés 20 minutes,
ainsi que les tropiques le sont de l'équateur.

Les tropiques et les cercles polaires séparent le ciel en cinq bandes ou zones, dont une
torride, deux tempérées et deux glaciales. On
nomme zone torride ou brûlée, l'espace com-
pris entre les deux tropiques ; ceux qui renferment les tropiques et les cercles polaires s'appellent zones tempérées. Les zones glaciales
sont comprises entre les cercles polaires et les
pôles.

On nomme climat un espace de terre com-
pris entre deux cercles parallèles à l'équateur.
Les climats se partagent en climats d'heures et
en climats de mois. Un climat d'heure est celui dont le jour est plus long d'une demi-heure
en sa fin que dans son commencement. Le climat de mois est celui dont le plus grand jour
est plus long d'un mois en sa fin que dans son
commencement.

La latitude est la distance qu'il y a depuis

l'équateur à un lieu proposé ; elle est ou septentrionale ou méridionale, et se compte sur le méridien.

La longitude et la distance qu'il y a depuis le premier méridien fixé à l'isle de Fer, la plus occidentale des isles Canaries, jusqu'à un lieu proposé. Elle se compte toujours d'Occident en Orient sur l'équateur, ou sur un cercle parallèle à l'équateur.

GÉOGRAPHIE HISTORIQUE.

La géographie historique est la description des lieux où se sont passés les événemens rapportés par l'Histoire ; elle en indique la situation ; elle marque les distances qui les séparent ; elle se divise en Géographie Politique, Géographie Sacrée et Géographie Ecclésiastique.

GÉOGRAPHIE POLITIQUE.

La Géographie Politique est la description des parties de la terre, distinguée par différentes limites que l'ancienne possession, les conquêtes ou les traités de paix ont été assignées aux différentes nations qui les habitent. Les diverses formes du gouvernement donnent des noms différents aux parties de la terre que décrit la Géographie Politique.

On nomme empire un État gouverné par un Prince qui porte le titre d'Empereur ; Royaume, celui qui est sous la domination d'un Roi ; République, celui qui est gouverné par l'autorité de plusieurs ; République aristocratique, celle qui est régie par un certain nombre de Nobles choisis ; République démocratique,

Toute souveraineté est élective ou héréditaire. On appelle un Etat électif celui où tout le peuple, ou seulement les grands choisissent le Souverain. Un Etat héréditaire est celui où la puissance souveraine est confiée aux rejettons d'une seule famille, qui se succedent par droit d'hérédité, sans avoir besoin du consentement ou de la confirmation des sujets, qui sont dans l'obligation légitime de reconnoître son autorité.

On donne généralement le nom de puissance à toute domination, Empire, Royaume ou République.

Les pays dépendans de chaque Etat, se subdivisent en Provinces et Gouvernemens commandés par un Chef qui tient son pouvoir du Souverain.

On donne le nom de frontières à toutes les extrémités des états, et celui de limites à toutes les extrémités des provinces contenues dans ces états. Les provinces limitrophes sont celles qui ont des limites communes.

On distingue le genre humain en diverses sortes de peuples, dont la maniere de vivre caractérise la différence.

On nomme peuples policés et civilisés, les nations qui vivent sous un gouvernement, quel qu'il soit, et qui observent des loix qu'elles ont adoptées ou qu'elles se sont prescrites. On appelle barbares ou sauvages les nations qui n'ont aucune forme de gouvernement. On appelle peuples errans et vagabons les nations qui n'ont

aucune

aucune demeure fixe, et qui parcourent en corps de certaines parties de la terre, telles que les Tartares Asiatiques et les Sauvages de l'Amérique. On nomme peuples dispersés ceux qui, n'ayant aucune contrée qui leur soit affectée, sont répandus dans les différentes parties de la terre, et composent cependant une nation distincte des peuples parmi lesquels ils vivent : tels sont en Asie les Guebres ou les anciens Perses, ou les adorateurs du feu, et surtout les Juifs, qui formeroient aujourd'hui une nation très-nombreuse, s'ils étoient rassemblés de toutes les différentes parties de la terre qu'ils habitent.

Géographie Sacrée.

La géographie sacrée est la partie de cette science qui se borne à la description des différentes régions de la terre qui peuvent avoir quelque rapport à l'histoire sacrée des Juifs et des Chrétiens.

Géographie Ecclésiastique.

La géographie ecclésiastique est la description du monde chrétien, partagé en différentes jurisdictions ecclésiastiques, telles que sont les Patriarchats, les Dioceses, Archidiaconats, etc. Cette division n'a lieu que dans le géographie du moyen âge et dans la géographie moderne.

La géographie considérée comme description du globe, se distingue suivant le temps où

S

l'on suppose que cette description a été faite. On assigne trois âges à la géographie. Le premier âge est celui de la géographie ancienne : la géographie du moyen âge lui a succédé ; et la géographie moderne a servi d'éclaircissement aux deux précédentes.

La géographie ancienne est la description de la terre, telles que l'ont connue les hommes depuis le moment de la création, jusqu'à la décadence de l'Empire Romain.

La géographie du moyen âge est la description actuelle de la terre, tracée depuis la décadence de l'Empire, jusqu'au renouvellement des Lettres.

La géographie moderne est la description actuelle de la terre, depuis le renouvellement des Lettres jusqu'à présent.

AVIS AUX MAITRES.

L'Allégorie du P. Brumoi, sur l'Educa-
tion, doit être la regle de la conduite
des meilleurs Maîtres. Il compare le
Maître d'éducation à un Oiseleur, et
les Enfans aux Oiseaux qu'on instruit.
Il n'y a pas un trait dans toute la piece
qui ne justifie la justesse de la comparai-
son. Il adresse la parole à un Maître.

VOUS faites apprentissage
Dans le métier d'Oiseleur ;
Ce n'est pas un badinage,
Et cet Art veut un Docteur.

Oiseaux d'espece diverse
Vont exiger votre soin ;
Souffrez que je vous exerce :
Et vous prépare de loin.

Les Oiseaux que l'on cajole,
Négligemment et sans art,
Pour fruit de ce soin frivole,
Chantent souvent au hasard.

S 2

Cet exercice pénible
Exige un talent heureux ;
Devenez, s'il est possible,
Oiseau vous-même avec eux.

Connoissez le caractere
De vos tendres Nourrissons,
L'Oiseleur qui veut bien faire,
Y conforme ses leçons.

Craint, si vous le voulez être,
Gagnez pourtant leur amour ;
Ils savent trop vous connoître,
Et vous haïr à leur tour.

Par un éclatant ramage
Ne vous laissez point frapper ;
Qui juge par le plumage,
Est sujet à se tromper.

Point d'injuste préférence,
Elle produit des jaloux ;
Entr'eux nulle différence,
Ils sont tous égaux pour vous.

Vous en verrez de volages

Fixez-les adroitement ;
Vous en verrez de sauvages,
Corrigez-les doucement.

Mais par un air trop sévere
N'aigrissez point leur humeur ;
Il faut tempérer en Pere
La crainte par la douceur.

Il est une heureuse adresse
De faire goûter les Loix.
N'armez jamais de rudesse
L'air, le geste ni la voix.

Sur l'Oiseleur, quoiqu'il fasse
Le jeune Oiseau se conduit ;
Et l'humeur du maître passe
Dans l'Eleve qu'il instruit.

Un oiseau dans l'esclavage,
Regrette sa liberté ;
Pour lui faire aimer sa cage,
Il veut être un peu flatté.

Qu'un esprit doux et sincere
Se prête à tous leurs besoins ;

Vous leur tenez lieu de mere,
Vous leur en devez les soins.

Par un trop long exercice
N'effrayez pas vos Oiseaux ;
Que votre Leçon mûrisse
Dans leurs débiles cerveaux.

La Leçon, pour être utile,
Doit leur plaire en s'apprenant ;
Et jamais un Maître habile
N'instruira qu'en badinant.

Faites-leur aimer la gloire
En de combats innocens ;
Récompensez la victoire
De leurs timides accens.

Une foible récompense
Animera leur essor ;
D'un Eleve qui commence
Louez jusqu'au moindre effort.

Frustré de votre espérance,
Ne vous rébutez jamais ;

Le temps, la persévérance,
Ameneront le succès.

   Peut-être, plein de colere,
Briserez-vous vos Pipeaux ;
Mais tel qui vous désespere,
Peut répondre à vos travaux.

   Apprenez que cette étude
Où votre esprit s'est fixé,
Est des emplois le plus rude
Et le moindre récompensé.

   Mais du public avantage
Si votre cœur est épris,
Songez, Tircis, que le Sage
L'achete même à ce prix.

HEureux, qui de la sagesse
Attendant tout son secours,
N'a point mis en la richesse
L'espoir de ses derniers jours.
La mort n'a rien qui l'étonne ;
Et dès que Dieu l'ordonne,
Son ame prenant l'essor,
S'éleve d'un vol rapide
Vers la demeure ou réside
Son véritable trésor.

De quelle douleur profonde
Seront un jour pénétrés
Ces insensés, qui du monde,
Seigneur, vivent enivrés ;
Quand, par une fin soudaine,
Détrompés d'une ombre vaine,
Qui passe et ne revient plus,
Leurs yeux, du fond de l'abyme,
Près de son trône sublime,
Verront briller tes Elus !

Infortunés que nous sommes,
Où s'égaroient nos esprits !
Voilà, diront-ils, ces hommes,
Vils objets de nos mépris !
Leur sainte et pénible vie
Nous parut une folie ;
Mais, aujourd'hui triomphans,
Le Ciel chante leur louange,
Et Dieu lui-même les range
Au nombre de ses enfans.

Pour trouver un bien fragile
Qui nous vient d'être arraché,
Par quel chemin difficile,
Hélas, nous avons marché !
Dans une route insensée
Notre ame en vain s'est lassée,
Sans se reposer jamais ;
Fermant l'œil à la lumiere,
Qui nous montroit la carriere
De la bienheureuse paix.

De nos attentats injustes

Quel fruit nous est-il resté ?
Où sont les titres augustes ,
Dont notre orgueil s'est flatté ?
Sans amis et sans défense ,
Au trône de la vengeance ,
Appellés en jugement ,
Foibles et tristes victimes ,
Nous y venons de nos crimes
Accompagnés seulement.

 Ainsi , d'une voix plaintive ,
Exprimera ses remords
La pénitence tardive
Des inconsolables morts.
Ce qui faisoit leur délices ;
Seigneur , fera leurs supplices ;
Et , par une égale loi ,
Tes saints trouveront des charmes
Dans le souvenir des larmes
Qu'ils versent pour toi.

LES MAXIMES

DE L'HONNÊTE HOMME,

OU DE LA SAGESSE.

CRAIGNEZ un Dieu vengeur, et tout ce qui le blesse :
C'est-là le premier pas qui mene à la sagesse.
  Ne plaisantez jamais ni de Dieu, ni des Saints ;
Laissez ce vil plaisir aux jeunes libertins.
  Que votre piété soit sincere et solide :
Et qu'à tous vos discours la vérité préside.
  Tenez votre parole inviolablement :
Mais ne la donnez pas inconsidérément.
  Soyez officieux, complaisant, doux et affable :
Poli, d'humeur égale, et vous serez aimable.
  Du pauvre qui vous doit n'augmentez point les maux :
Payez à l'ouvrier le prix de ses travaux.
  Bon pere, bon époux, bon maître sans foiblesse :
Honorez vos parens, sur-tout dans la vieillesse.
  Du bien qu'on vous a fait soyez reconnoissant :
Montrez-vous généreux, humain et bienfaisant.
  Donnez de bonne grace, une belle maniere :
Ajoute un nouveau prix au présent qu'on veut faire.
  Rappellez rarement un service rendu ;
Le bienfait qu'on reproche, est un bienfait perdu.
  Ne publiez jamais les graces que vous faites :
Il faut les mettre au rang des affaires secretes.
  Prêtez avec plaisir, mais avec jugement :
S'il faut récompenser, faites-le dignement.
  Au bonheur du prochain ne portez pas envie :
N'allez point divulguer ce que l'on vous confie.
  Sans être familier, ayez un air aisé :
Ne décidez de rien qu'après l'avoir pesé.
  A la religion soyez toujours fidele :
On ne sera jamais honnête homme sans elle.

Aimez le doux plaisir de faire des heureux :
Et soulagez sur-tout le pauvre vertueux.

Soyez homme d'honneur, et ne trompez personne :
A tous ses ennemis un cœur noble pardonne.

Aimez à vous venger p. r beaucoup de bienfaits :
Parlez peu, pensez-bien, et gardez vos secrets.

Ne vous informez pas des affaires des autres :
Sans air mystérieux dissimulez les vôtres.

N'ayez point de fierté, ne vous louez jamais :
Soyez humble et modeste au milieu des succès.

Surmontez les chagrins où l'esprit s'abandonne :
Ne faites rejaillir vos peines sur personne.

Supportez les humeurs et les défauts d'autrui :
Soyez des malheureux le plus solide appui.

Reprenez sans aigreur, louez sans flatterie :
Ne méprisez personne, entendez raillerie.

Fuyez les libertins, les fats et les pédans :
Choisissez vos amis, voyez d'honnêtes gens.

Jamais ne parlez mal des personnes absentes :
Badinez prudemment les personnes présentes.

Consultez volontiers, évitez les procès :
Où la discorde regne, apportez-y la paix.

Avec les inconnus usez de défiance :
Avec vos amis même ayez de la prudence.

Point de folles amours, ni de vin, ni de jeux :
Ce sont là trois écueils en naufrages fameux.

Sobre pour le travail, le sommeil et la table :
Vous aurez l'esprit libre et la santé durable.

Jouez pour le plaisir, et perdez noblement :
Sans prodigalité dépensez prudemment.

Ne perdez point de temps à des choses frivoles :
Le sage est ménager du temps et des paroles.

Sachez à vos devoirs immoler vos plaisirs :
Et pour vous rendre heureux modérez vos desirs

Ne demandez à Dieu ni grandeur, ni riche
Mais pour vous gouverner demandez la sage

FIN.

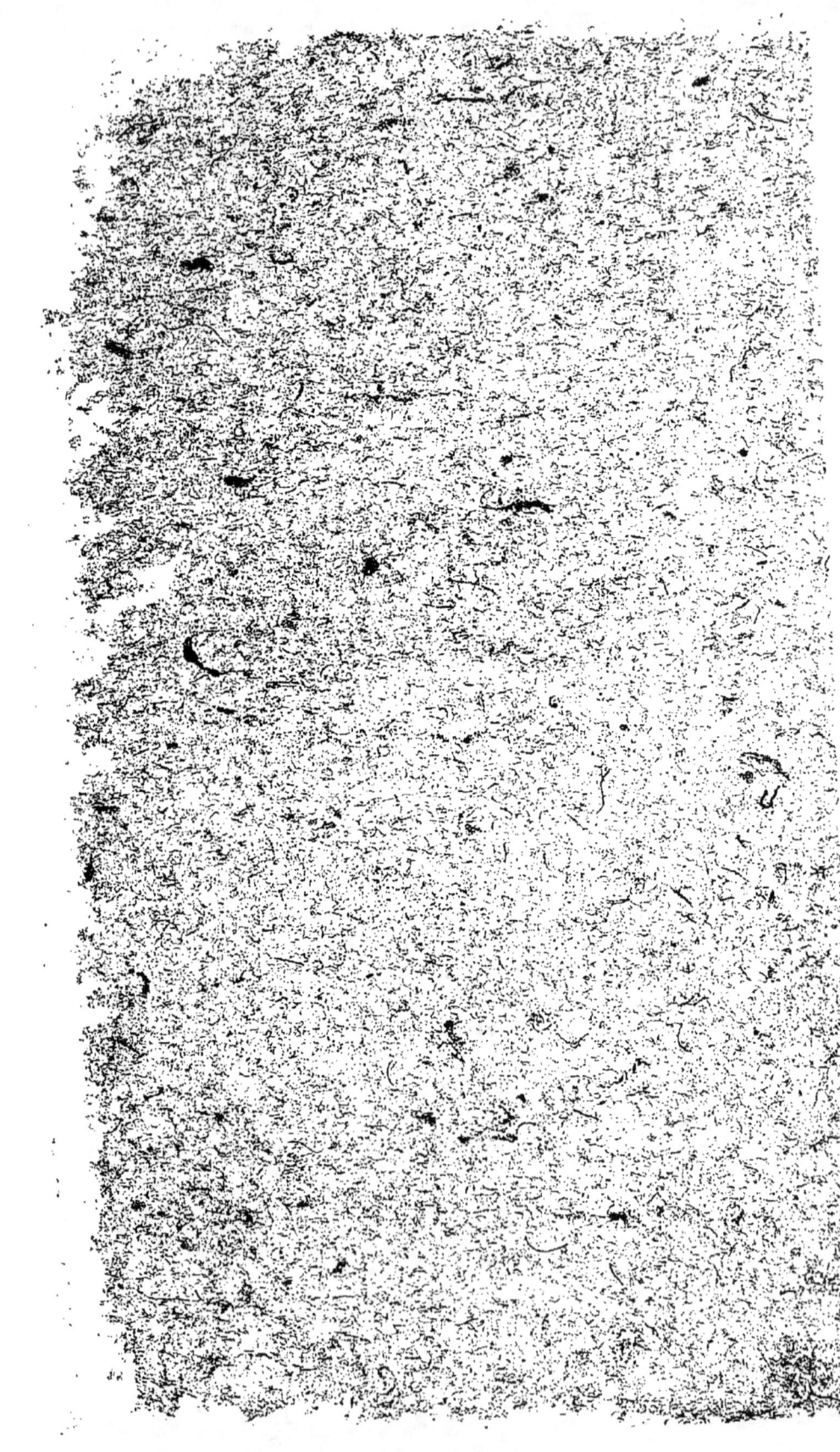

www.ingramcontent.com/pod-product-compliance
Lightning Source LLC
Chambersburg PA
CBHW051817020726
47502CB00005B/1505